LES PROMENADES

D'UNE MÈRE

PAR

Mme DE WITT, née GUIZOT

PARIS

LIBRAIRIE ACADÉMIQUE

DIDIER ET Cie, LIBRAIRES-ÉDITEURS

35, QUAI DES AUGUSTINS.

LES

PROMENADES

D'UNE MÈRE

PARIS. — IMP. SIMON RAÇON ET COMP., RUE D'ERFURTH, 1.

Imp Godard Paris

Pierre réussit à achever la figure.

LES
PROMENADES
D'UNE MÈRE

PAR

Mme DE WITT, NÉE GUIZOT

PARIS

DIDIER ET Cie, LIBRAIRES-ÉDITEURS

55, QUAI DES AUGUSTINS, 55

1865

JANVIER

—

PREMIÈRE PROMENADE

Françoise, Henri, Pauline, Guillaume, Catherine, Gaston, venez vite, je vais me promener au bord de la rivière et dans le bois; ceux qui seront prêts dans cinq minutes sortiront avec moi, disait madame de Lussac, par une belle matinée de janvier. Je laisse Gabrielle à la maison, elle est trop petite pour l'exposer à un air si froid. Viens ici, mon petit Gaston, que je boutonne tes guêtres, tu ne peux pas en ve-

1

nir à bout. Et puis tes gants, ne mets pas trois doigts dans le même endroit. Françoise, agrafe le manteau de Catherine, et partons.

PAULINE.

Oh! qu'il fait froid, maman! le vent vous coupe la figure comme un couteau.

MADAME DE LUSSAC.

Courez, frappez du pied dans la neige, dans un moment, vous ne sentirez presque plus le froid. Écoutez le bruit que fait la neige quand on marche dessus, elle craque comme si on mettait le pied sur du velours.

CATHERINE.

Oh! que ce serait joli une allée de velours blanc!

MADAME DE LUSSAC.

Plus joli que la neige, crois-tu? Si tu étendais du velours blanc sur le tapis que le bon Dieu a étendu là devant nous, il te paraîtrait bien jaune : regardez vos mouchoirs de poche, la soie blanche du bord de mon capuchon, la raie blanche de ton jupon, comme tout cela est gris, jaune, bleu à côté de la blancheur de la neige!

FRANÇOISE.

Je crois qu'à la longue cet éclat ferait bien mal aux yeux.

HENRI.

Il y a un moment, je regardais là-bas, le soleil donnait sur la neige, je ne voyais plus clair, j'étais tout ébloui.

MADAME DE LUSSAC.

Aussi, quand on voyage longtemps en hiver dans les pays du nord, on est obligé de prendre grand soin de ses yeux pour ne pas devenir aveugle. Savez-vous quelles sont les autres choses qu'il ne faut pas regarder trop longtemps si on ne veut pas avoir mal aux yeux?

CATHERINE.

Le soleil, maman.

GUILLAUME.

Le sable, en Afrique, dans le désert, papa l'a dit.

MADAME DE LUSSAC.

Et aussi la lune. Quand on la regarde dans une lunette, elle est blanche et éclatante comme du plomb fondu; et presque tous les astronomes qui ont examiné longtemps la lune ont mal aux yeux.

HENRI.

Maman, il y a un chemin ouvert dans la neige sur la route.

MADAME DE LUSSAC.

Oh! vous ne saviez pas cela? Marchons un peu vite,

et nous rencontrerons peut-être celui qui a fait ouvrir le chemin.

FRANÇOISE.

Je vois des chevaux de loin, mais il n'y a rien derrière eux.

GASTON.

Si, je vois quelque chose entre leurs jambes.

PAULINE.

C'est un homme avec un chapeau.

GUILLAUME.

Mais il est assis sur quelque chose de bien bas.

CATHERINE.

C'est papa! c'est papa! Qu'est-ce qu'il fait là?

MADAME DE LUSSAC.

Courez au-devant de lui, seulement faites attention aux chevaux. Reste avec moi, mon petit Gaston,
tu tomberais; nous allons marcher bien vite. Vois
comme nous approchons.

GASTON.

Et puis papa vient au-devant de nous. Il a pris
tous les autres sur sa planche. Pourrai-je y aller
aussi, maman?

MADAME DE LUSSAC.

Tout à l'heure, nous verrons. Votre machine mar-
che-t-elle bien, mon ami?

M. DE LUSSAC.

Très-bien; j'ai ouvert la route jusqu'à deux lieues d'ici. J'étais bien sûr que ce traîneau en pointe réussirait; j'avais vu ouvrir les chemins en Suisse quand il y avait bien plus de neige qu'ici.

GUILLAUME.

Alors on était donc enterré dans la neige, papa? Tout à l'heure, je me suis trouvé sur un petit endroit un peu fondu, et j'enfonçais, j'enfonçais: sans maman, j'y serais encore.

M. DE LUSSAC.

Il ne faut pas beaucoup de neige pour t'enterrer, mon garçon; tu n'es pas bien grand.

MADAME DE LUSSAC.

C'est égal, s'il y avait assez de neige pour enterrer Guillaume, ce serait déjà inquiétant.

M. DE LUSSAC.

Et très-gênant au moment du dégel, mais nous n'en sommes pas là. Voulez-vous me donner cette petite pierre vivante de plus pour mettre sur mon traîneau? Nous ne sommes que sept; voulez-vous monter aussi?

MADAME DE LUSSAC.

Merci, je m'en vais à pied jusqu'à l'entrée du bois. Qui veut venir à la cascade?

TOUS LES ENFANTS.

Moi! moi! moi!

MADAME DE LUSSAC.

Alors, mon ami, vous déposerez, je vous prie, vos voyageurs à la station de la cascade; ils ne prennent des billets que jusque-là. Enfants, vous m'attendrez.

LES ENFANTS.

Oui, maman.

Mais on n'est pas plus obéissant les jours de neige que les autres jours : lorsque les enfants eurent quitté le traîneau, pendant que leur mère était encore loin, ils aperçurent la cascade, dont les glaçons brillaient à travers les branches nues des saules et des aunes.

GUILLAUME.

Courons à la cascade, maman nous retrouvera là.

FRANÇOISE.

Il vaut mieux l'attendre ici.

HENRI.

Il fait trop froid pour attendre sans bouger. Regarde comme maman est loin. J'y vais avec Guillaume.

CATHERINE.

Ma petite Françoise, viens donc avec nous!

FRANÇOISE.

Qu'en dis-tu, Pauline?

PAULINE.

Nous empêcherons les garçons de faire des sottises.

GASTON.

Oui, oui, empêchons les garçons.

FRANÇOISE.

Tu n'es peut-être pas un garçon toi? Allons donc, puisque vous le voulez.

PAULINE.

Dépêchons-nous; regarde comme Guillaume se penche sur la cascade.

CATHERINE.

Il veut prendre une chandelle de glace, il me l'a promise.

FRANÇOISE.

C'est égal, il se penche trop, il va tomber.

PAULINE.

Il est bien sûr de ne pas se noyer aujourd'hui, en tout cas. Ah! quel bonheur, voilà maman qui nous rattrape. Je parie qu'elle a vu que les garçons étaient partis. Elle marche si vite!

MADAME DE LUSSAC, d'une voix entrecoupée.

Où sont vos frères?

FRANÇOISE.

A la cascade, maman. Guillaume, Guillaume, ne te penche pas comme ça !

Guillaume relève la tête, perd son point d'appui, et tombe de toute la hauteur de la cascade sur la glace qui couvrait la rivière. Tout le monde s'élance en avant, mais la neige a amorti le coup, et, tout pâle, tout étourdi, Guillaume est pourtant relevé et sur pied quand sa mère, hors d'haleine, arrive auprès de lui.

— Tu n'as pas de mal, mon enfant? s'écrie-t-elle.

GUILLAUME.

Non, maman, rien du tout. Seulement, Catherine, la chandelle de glace s'est cassée en tombant.

CATHERINE.

Ça m'est bien égal. Mais, regardez donc comme maman est pâle !

FRANÇOISE.

Maman, chère maman, vous avez eu peur, vous allez vous trouver mal! Méchant Guillaume!

MADAME DE LUSSAC.

Non, ce n'est rien, cela va passer. Mes chers enfants, je croyais pouvoir me fier à vous: une autre fois, vous n'irez plus devant.

FRANÇOISE, rougissant.

Maman, je vous assure....

PAULINE.

Maman, nous voulions surveiller les garçons.

HENRI, franchement.

Maman, nous avons eu tort.

GUILLAUME.

Moi surtout, maman, et nous ne recommencerons plus. Pouvons-nous prendre des chandelles de glace, là, au bord?

MADAME DE LUSSAC.

Oui, mais avant de rien gâter, regardez comme la cascade est belle, avec toutes ces grappes de cristal et de diamant qui brillent au soleil; c'est vraiment beau.

PAULINE.

C'est presque aussi beau que l'été.

FRANÇOISE.

Plus beau, je trouve, mais moins agréable.

HENRI.

Regardez seulement cette branche que je viens de détacher. Chaque feuille de lierre est couverte d'une couche de glace. On a l'air d'avoir voulu la mettre sous verre.

CATHERINE.

Maman, puis-je manger ma chandelle?

1.

MADAME DE LUSSAC.

Je suppose que c'est pour cela que tu l'as demandée.

CATHERINE.

Oh! c'est que c'est si bon!

MADAME DE LUSSAC.

N'en mangez pas trop, vous vous gèleriez.

HENRI.

Maman, j'ai envie d'essayer de faire un trou dans la terre, d'y mettre des gros morceaux de glace et de les couvrir de paille et de gazon; on dit qu'en Lombardie on conserve de la glace jusqu'au mois de juin de cette façon-là. Puisque nous n'avons pas de glacière!

MADAME DE LUSSAC.

Comme tu voudras. Françoise, regarde donc ces brins d'herbe et ces feuilles couverts d'une quantité de petites aiguilles de glace.

HENRI.

C'est du givre, n'est-ce pas, maman? Je regardais hier une touffe de ray-grass qui en était couverte, et je n'ai jamais rien vu de si joli. Oh! oui, l'hiver est beau aussi!

MADAME DE LUSSAC.

En hiver, comme en été, les œuvres de Dieu

sont partout et toujours admirables. Ah! voyez cette petite source, elle est remplie de glaçons et de feuilles de scolopendre.

CATHERINE.

C'est bien joli, maman; puis-je entrer dedans?

MADAME DE LUSSAC.

Pas du tout, tu te gèlerais, rentrons vite. Guillaume, tu as de la peine à marcher.

GUILLAUME.

Ce n'est rien, maman; seulement je suis tombé d'un peu haut. Voilà les traces d'un lièvre.

MADAME DE LUSSAC.

Oui, Camus doit faire bonne garde dans ce moment-ci. On tue aisément le gibier par la neige.

HENRI.

Mais c'est défendu.

PAULINE.

Je crois bien; quand on peut voir tous les pas de ces pauvres petites bêtes, et qu'elles sont obligées de sortir pour trouver à manger je ne sais où.

MADAME DE LUSSAC.

Savez-vous qu'il y a eu des hivers où les lièvres et les lapins mouraient de faim et de froid dans leurs terriers, et où on ramassait les perdrix sur la neige?

FRANÇOISE.

C'est affreux alors; la chasse est déjà assez cruelle.

HENRI.

Les filles n'y entendent rien. Mais je n'aimerais pas à suivre à la trace des bêtes à moitié mortes de froid. Voilà la marque des pattes des canards. Ils sont venus du côté de la maison pour demander à manger. Guillaume, je te conseille d'aller te chauffer et te reposer. Demain, si tu vas bien, peut-être pourrons-nous faire une montagne de neige.

MADAME DE LUSSAC.

Si vous aviez entendu parler, comme moi, d'un homme de neige qu'avaient fait mes cousins Dallas, vous seriez jaloux de l'imiter!

GUILLAUME.

Oh! maman, racontez-nous cela!

MADAME DE LUSSAC.

Pas à présent; il fait un peu froid pour raconter des histoires. Tu va venir dans ma chambre, je veux voir si tu ne t'es pas fait de mal. Ce soir, si vous êtes sages, nous verrons.

Dès qu'on fut sorti de table, les enfants tourmentèrent leur mère pour leur raconter l'histoire de l'homme de neige. Madame de Lussac venait de s'établir au coin du feu avec son journal, Françoise était

montée pour chercher l'ouvrage de sa mère; à peine
avait-elle reparu que Guillaume et Catherine atti-
rèrent madame de Lussac dans un fauteuil et elle commença ainsi :

L'HOMME DE NEIGE

Mes cousins Dallas vivaient à la campagne comme
nous ; leur père cultivait ses terres, qui étaient con-
sidérables ; ma tante élevait elle-même ses enfants
qui ne concevaient pas une vie plus agréable que la
leur : le jardin était grand, ils y avaient pleine liberté, et chaque saison leur apportait, comme à vous,
des plaisirs nouveaux. Suzanne, un peu timide, serait
cependant volontiers restée à la maison quand il
faisait très-froid ou très-chaud, mais sa mère n'aimait
pas les douilletteries, et ses frères l'entraînaient dans
leurs entreprises. On était au mois de janvier et Suzanne venait de finir ses leçons; elle regardait par la
fenêtre et soupirait un peu en voyant les arbres agités
par un vent glacé.

— Qu'est-ce que nous pourrions faire pour nous
amuser pendant que nous sommes dehors, maman?
dit-elle enfin. Il fait si froid, et vous ne voulez pas
nous laisser rentrer.

MADAME DALLAS.

Si je te laissais rentrer aujourd'hui, tu demanderais demain à rester à la maison. Tu es trop douillette, ma chère ; qu'est-ce que tu serais devenue à la retraite de Russie?

SUZANNE, avec conviction.

Je serais morte, maman.

MADAME DALLAS.

J'en ai peur, ma pauvre enfant, et je demande à Dieu qu'il ne t'expose jamais à pareille épreuve. Sais-tu ce qui est arrivé un jour, dans ce temps-là, au général de Latour, ami de ton grand-père?

SUZANNE.

Non, maman.

MADAME DALLAS.

Eh bien, il faisait si froid, si froid qu'il ne pouvait plus marcher du tout; il se sentait endormi, il voulait se coucher dans la neige, et tu sais que si on s'endort dehors quand il fait très-froid, on ne se réveille plus. Il avait avec lui son domestique, qui s'appelait Baptiste, et il lui dit : « Va-t'en, je reste là, je ne peux plus avancer. — Ah! pour ça non, monsieur, dit Baptiste, je ne vous laisse pas là, » et il prit son maître sur ses épaules, quoique celui-ci fût très-grand, et le porta comme il put à travers la neige jusqu'à un grand feu qu'on voyait de loin ; ce n'était qu'une petite étincelle quand Baptiste s'était mis en marche, mais au bout d'une demi-heure son maître et lui étaient assis auprès du feu à se chauffer et à manger une tranche de cheval.

SUZANNE.

Du cheval, maman ? quelle horreur !

MADAME DALLAS.

Ah ! tout le monde n'en avait pas, et on était aussi content de trouver un morceau de cheval à faire griller que tu le seras à trois heures, en rentrant, de trouver ton pain et ta pomme cuite ; on était même beaucoup plus content, car on mourait de faim, ce qui ne t'est jamais arrivé.

SUZANNE.

Mais, maman, Baptiste et son maître ne sont pas toujours restés là devant le feu ?

MADAME DALLAS.

Non, non, il se sont remis à marcher, mais le lendemain ce fut au tour de Baptiste d'avoir envie de dormir, et de vouloir s'asseoir au bord du chemin. Alors son maître le prit et l'emporta comme Baptiste l'avait emporté la veille. Ils finirent par trouver du secours, et ils revinrent en France, où ils ont vécu tous les deux très-longtemps.

SUZANNE.

Ah! tant mieux. Mais vous voyez bien, maman, que le froid peut faire beaucoup de mal.

MADAME DALLAS.

Oui, beaucoup; mais quand on sort une heure, bien enveloppé et qu'on rentre ensuite dans une maison chaude, le danger n'est pas grave. Tiens, voilà tes frères, ils ne sont pas aussi frileux que toi, heureusement, et ils vont t'emmener.

ADOLPHE ET PIERRE, entrant en courant.

Maman, pouvons-nous aller commencer un homme de neige derrière le mur du potager?

MADAME DALLAS.

Du côté des espaliers?

PIERRE.

Non, maman, au nord, il n'y a là que deux ou trois groseillers qui se meurent de vieillesse.

MADAME DALLAS.

Ils avaient encore bien des groseilles l'année dernière, mais c'est égal, votre homme de neige ne leur fera pas de mal.

ADOLPHE.

Vous le verrez, maman, quand il sera fait; nous voulons faire Peter-Botte, la montagne qui a une figure d'homme, à l'île de France; vous savez bien, nous l'avons vue dans le *Magasin pittoresque*.

SUZANNE.

Mais ce sera encore plus froid que de faire des boules de neige.

PIERRE.

Oh! si tu as peur de te geler, prends des gants.

SUZANNE.

J'en ai déjà.

ADOLPHE.

Et ton manchon.

SUZANNE.

Mais je ne pourrai pas travailler à l'homme, si j'ai mes mains dans mon manchon.

PIERRE.

Viens, viens toujours, je te réchaufferai si tu as froid.

SUZANNE, le suivant.

Comment donc?

PIERRE.

Tu verras. En attendant, allons choisir la place; et puis, sais-tu où sont nos pelles, Suzanne?

SUZANNE.

Les bêches ou les pelles?

ADOLPHE.

Les bêches et les pelles. La neige est si dure que nous ne pouvons pas la prendre avec nos pelles, mais nous en aurons besoin pour polir notre homme.

SUZANNE.

J'ai tout rentré dans le petit coin des outils; vous les aviez laissés dans votre jardin. Je vais les chercher.

PIERRE.

Allons, au moins tu es bonne à quelque chose, puisque tu as rangé nos affaires. Viens, Adolphe, elle nous retrouvera près du mur.

Suzanne arriva bientôt chargée d'outils; elle était trop préoccupée de n'en laisser tomber aucun pour s'inquiéter du froid. En approchant du mur, elle vit ses frères déjà occupés à faire un tas de neige, moitié à l'aide d'un bâton, moitié avec leurs mains et leurs pieds.

— Tenez, voilà vos bêches, criait-elle, vous allez vous donner des engelures.

PIERRE.

Pas du tout, la neige les guérit quand on en a. Attends, attends, Adolphe, nous allons appuyer notre homme là, au bout du mur, il aura l'air de garder le potager. Voyons, Suzanne, tu peux bien travailler avec la bêche, si tu as peur de te geler les mains.

SUZANNE.

C'est que je vais couper mes caoutchoucs.

ADOLPHE.

Es-tu empêtrée! Tiens, remplis ce panier avec la pelle, maintenant que la neige n'est plus dure à cet endroit-là.

PIERRE.

D'abord il me faut un gros tas de neige, rien que pour faire ses jambes; nous n'aurons pas le temps de le finir aujourd'hui.

ADOLPHE.

Cela ne fait rien, nous ne sommes pas menacés du dégel : voilà déjà un beau panier de neige, attends, Suzanne, tu ne peux pas le porter.

A force de travail, Peter-Botte en était à la taille lorsque l'horloge sonna deux heures.

— Il est temps de rentrer, s'écria Pierre, le reste sera pour demain. Mais qu'est-ce que tu as donc, Suzanne?

SUZANNE, pleurant.

J'ai froid aux pieds!

ADOLPHE.

Eh bien! ne sors plus tant qu'il fera froid.

SUZANNE.

Maman veut que je sorte.

PIERRE.

Elle s'est gelée en restant là sans bouger; viens, viens, Suzanne, nous allons courir; et tu te réchaufferas.

En arrivant à la maison, Suzanne était hors d'haleine, mais elle ne pleurait plus; en travaillant à l'aiguille auprès de sa mère elle réfléchissait profondément; tout d'un coup, elle s'écria :

— Maman, comment font les pauvres gens à Paris quand il fait si froid? Ici, ils ont du bois qu'ils ramassent, mais, dans les villes, il n'y a ni haies ni forêts.

MADAME DALLAS.

Ils souffrent beaucoup, mon enfant. Quand je vivais à Paris, je cédais promptement aux prières quand on me disait : Mes enfants ont froid.

SUZANNE.

Alors, maman, vous donniez de l'argent pour acheter du bois?

MADAME DALLAS.

Très-souvent je donnais ce qu'on appelle un bon

de bois, c'est-à-dire un petit morceau de carton sur lequel était écrit : *Bon de bois;* alors la pauvre femme le portait chez un marchand que je lui désignais, et qui lui remettait du bois, que je payais ensuite.

SUZANNE.

Je comprends, maman; ici vous n'avez qu'à dire : « Demandez une bourrée à la ferme, » parce qu'il y a de grands tas de bois, mais à Paris vous n'auriez pas eu la place.

MADAME DALLAS.

Ni l'argent, le bois est un peu plus cher qu'ici; mais tu ne m'as rien dit de l'homme de neige?

Suzanne raconta à sa mère toutes les difficultés de l'entreprise, et elle allait dire que tout serait fini le lendemain, lorsque Pierre se précipita dans la chambre, rouge, les yeux brillants, les poings fermés :

— Maman! Suzanne! s'écriait-il, l'homme est défait, il n'y a plus rien, toute la neige est sale, et il y a des marques de pattes autour, c'est un loup, bien sûr; maman, puis-je prendre un fusil et aller guetter tout près de là? je le tuerai, j'en suis certain.

MADAME DALLAS.

Un loup ici, en plein jour? On n'en a pas vu depuis cinquante ans !

PIERRE.

C'est égal, maman, il y en a un aujourd'hui. Ne venez pas, ne permettez pas à Suzanne de sortir, il pourrait vous faire mal.

MADAME DALLAS, se levant.

Au contraire, je suis très-curieuse d'aller voir. Je prends mon manteau et mon capuchon, et je te suis. Je crois que nous pouvons nous dispenser du fusil pour le moment.

Madame Dallas sortit pour aller chercher son manteau; quand elle revint, Suzanne était toute pâle, tant son frère l'avait effrayée par des histoires de loups.

— Je ne te dis pas de venir avec moi, Suzanne, parce qu'il fait trop froid maintenant, dit sa mère; allons, mon garçon, montre-moi les traces du loup.

A peine madame Dallas était-elle hors de la maison qu'elle fut assaillie par les caresses du grand chien de garde.

— Ah! on a détaché Gabas! dit-elle en souriant.

PIERRE, vivement.

Maman, je vous assure que ce n'est pas lui qui...

MADAME DALLAS.

Regarde devant toi, avant d'être si sûr..

En effet, Gabas s'était élancé sur le tas de neige, qui représentait une heure auparavant les jambes de Peter-Botte, et il travaillait de toutes ses forces à écarter la neige avec ses pattes.

MADAME DALLAS.

Te faut-il un fusil, mon enfant?

PIERRE.

Maman, c'est parce qu'il a vu le loup en faire autant.

MADAME DALLAS.

Et il s'est tranquillement assis pour regarder ce loup bon enfant qui ne s'attaquait qu'aux jambes de votre homme de neige. La première fois qu'il viendra un loup pareil, tâche de le rencontrer et de l'amener à la maison, il n'y aura rien de si facile que de lui mettre un collier et une chaîne.

Pierre ne disait rien, mais, dans son cœur, il restait convaincu qu'un loup seul avait pu être assez féroce pour détruire son ouvrage, ce qui ne l'empêcha pas le lendemain de recommencer; seulement, comme il n'osait pas demander à sa mère de lui prêter le fusil de son père, il avait passé une partie de la matinée à aiguiser un vieux manche de bêche encore

armé d'un reste de fer, qui devait lui servir de pique
pour recevoir le loup s'il se présentait de nouveau.
Adolphe faisait les mêmes préparatifs, mais plus mol-
lement.

— Je ne crois vraiment pas qu'il y ait un loup,
disait-il à Suzanne.

SUZANNE.

J'espère bien ; d'abord maman l'a dit, et je ne
sais pas, d'ailleurs, si vous pourriez le tuer avec vos
piques.

ADOLPHE.

Peut-être pas le tuer, mais nous lui ferions beaucoup de mal, et il s'en irait.

SUZANNE.

Mais s'il allait devenir furieux, au contraire ?
J'aime mieux qu'il ne vienne pas.

ADOLPHE.

Et moi aussi.

Ce soir-là, comme Gabas restait attaché dans la
cour de la ferme, aucun loup ne vint déranger les
petits ouvriers, et Peter-Botte n'attendait plus que sa
tête lorsqu'il fallut rentrer pour les leçons. Adolphe
aurait voulu qu'on lui mît une pipe à la bouche, mais
Pierre disait qu'on n'avait pas de pipe, et d'ailleurs
que les montagnes ne fumaient pas.

— Excepté les volcans, quelquefois! dit Suzanne, qui n'avait entendu que la dernière phrase.

PIERRE.

Pas dans une pipe, en tous cas, petite sotte.

SUZANNE.

Je n'ai pas parlé de pipe; tu disais que les montagnes ne fumaient pas, et j'ai un livre où le Vésuve est tout couvert de fumée.

ADOLPHE.

Dépêchons-nous, voilà maman qui nous appelle, la tête sera pour demain.

On avait emprunté à la cuisinière un vieux couteau; ceux des enfants étaient trop petits, et avec bien de la peine on parvint à faire un nez à Peter-Botte; trois fois un coup de couteau maladroit avait abattu le nez, lorsque Pierre prit l'outil des mains d'Adolphe et réussit à achever la figure de la statue.

— C'est bien heureux que je ne sois pas sculpteur, s'écria Adolphe, je crois que je ne saurais jamais faire les nez.

SUZANNE.

Oh! tu apprendrais. Le voilà fini: comme il est beau! Emportons les tabourets pour qu'on ne voie pas que nous avons été obligés de monter dessus.

2

PIERRE.

Toi, tu ne lui vas qu'à la taille, d'abord.

SUZANNE.

Mais toi, qui es le plus grand, tu ne lui vas qu'à l'épaule, allons appeler maman pour le voir.

Madame Dallas, en arrivant, regarda un moment la figure, puis, s'approchant, elle ramassa le couteau, et en deux ou trois petits coups elle embellit si fort l'ouvrage de ses enfants qu'ils se mirent tous trois à pousser des cris d'admiration.

— Comme vous êtes habile, maman! disaient-ils.

MADAME DALLAS.

Tenez, maintenant il a le nez droit et les deux yeux à la même hauteur. Il a l'air très-solide, du reste; tu as bien tassé la neige, Pierre?

PIERRE.

Oh! oui, maman; voyez pourtant comme elle est blanche! nous en avons apporté de grands paniers du potager pour qu'elle fût plus propre.

SUZANNE.

Oui; moi je remplissais les paniers, et les garçons les apportaient. Pensez-vous qu'il fasse froid long-temps, maman?

MADAME DALLAS.

Je n'en sais rien, mais je crois que Peter-Botte résistera bien à un ou deux dégels; sa beauté s'altérera un peu, mais j'espère qu'il restera debout.

En effet, quelques jours après, le temps avait changé; pendant la nuit, la couche épaisse de neige qui couvrait la terre avait disparu, et on apercevait, par-ci par-là, des brins d'herbe et de grosses pierres qui s'étaient débarrassés de leur enveloppe blanche.

— Allons voir l'Peter-Botte! s'écrièrent les enfants à peine habillés. Et ils s'élancèrent du côté du potager. Leur homme de neige était toujours là, fièrement appuyé contre le mur.

— Il n'a plus de nez! s'écria Adolphe, qui avait la vue longue.

— C'est vrai, dirent les autres en arrivant.

Le nez avait disparu; le lendemain, la tête n'y était plus, mais le corps résistait au dégel; tout le mois de janvier s'écoula sans causer la mort complète de Peter-Botte, mais, le 1er février, Adolphe entra chez Suzanne, qui s'habillait, en s'écriant :

— Suzanne, il n'a plus que des jambes.

SUZANNE, effrayée.

Qui donc? qui donc?

ADOLPHE.

Peter-Botte. Il a fait si chaud cette nuit, qu'il y a un petit lac dans ce coin-là.

SUZANNE.

Écoute, nous prendrons le reste de ses jambes et nous ferons des glaces au citron pour le goûter.

ADOLPHE.

Mais sauras-tu les faire? Moi, je n'y entends rien.

SUZANNE.

Oui, oui, tu verras; apportez-moi seulement la neige.

Et les jambes de Peter-Botte furent offertes au dessert à M. et madame Dallas sous la forme de neige au citron. Suzanne avait même essayé de faire une glace à la groseille, mais comme elle n'avait que du jus de confiture, son entreprise n'avait pas très-bien réussi.

———

— Oh! quelle bonne idée! s'écria Françoise.

HENRI.

Quoi, Peter-Botte? ça doit être très-solide et ce n'est pas difficile à faire, mais moi je veux essayer une vraie statue.

FRANÇOISE.

Non, non, je parlais des glaces. J'essayerai demain d'en faire une pour notre goûter.

HENRI.

Tu n'es qu'une femme de ménage, tu penses toujours à la maison et au dîner.

MADAME DE LUSSAC.

Ce n'est pas un talent si fort à dédaigner; d'ailleurs Françoise est un peu grande pour jouer dans la neige.

PAULINE.

Oh! ne dites pas que je suis trop grande aussi, maman, je vous en prie!

MADAME DE LUSSAC.

Non; pour cette année tu peux encore aider tes frères, mais fais des merveilles, parce que c'est la dernière fois.

FÉVRIER

DEUXIÈME PROMENADE

epuis quelques jours les enfants étaient à peine sortis; pendant la première semaine de février, il avait fait encore si froid qu'Henri et Guillaume avaient pu patiner sur la rivière avec leur père : Guillaume réussissait mieux qu'Henri à cet exercice; il savait valser sur la glace beaucoup mieux que sur terre, parce qu'il n'était pas obligé d'aller

en mesure; il avait même essayé d'écrire son nom
en patinant, mais le *G* lui avait donné tant de mal
qu'il y avait renoncé et s'était borné à écrire :
« *uillaume*, ce qui n'est pas un nom, disait Catherine. Depuis huit jours pourtant il dégelait, l'eau
coulait de tous les côtés, la neige qui couvrait la
terre depuis plus de trois semaines ne laissait plus
que des taches grises par-ci par-là et des ruisseaux
dans toutes les directions; les murs de la maison
transpiraient, les pierres de l'escalier avaient rougi
comme si on venait de les laver, et toutes les fois
que Catherine ou Gaston parvenaient à s'échapper,
ils mettaient leurs pieds dans huit ou neuf petites
mares et s'étendaient tout de leur long dans la
dixième. Il tombait toute la journée un petit brouillard froid et pénétrant, le ciel était gris, et les jours
semblaient plus courts qu'au mois de décembre, bien
que Pauline prît soin de répéter sans cesse que, pendant le mois de février, les jours allongeaient de
quarante-quatre minutes le matin et de quarante-six
le soir. Cela donnait du courage, mais en attendant
les garçons étaient un peu bruyants, parce que leur
mère, qui craignait les maux de gorge, ne voulait pas
leur permettre de s'exposer toute la journée à la
pluie et au brouillard, et les filles n'étaient pas toujours de bonne humeur. Enfin le ciel s'éclaircit, et
on aperçut une espèce de soleil.

— Il est bien temps, disait Françoise, il n'y aurait plus ni une chaise en état, ni une porte qui tînt avec ces garçons qui démolissent tout.

GUILLAUME.

Hourra! Bravo! Je ne démolis plus rien que des tas de pierre et des morceaux de bois! Je vais faire un pont sur le grand ruisseau du potager.

CATHERINE.

Où donc y a-t-il un ruisseau?

GUILLAUME.

Là où était le gros tas de neige.

CATHERINE.

Eh bien! moi je vais avec Gaston chercher dans le petit bois des oignons de jacinthe pour transplanter dans notre jardin.

PAULINE.

On ne voit pas encore la pointe verte.

CATHERINE.

Si, si, elles auront poussé sous la neige. Viens donc avec nous, Pauline, j'ai un couteau du vieux ménage.

MADAME DE LUSSAC, à son mari.

Avez-vous jamais arraché des oignons de jacinthe sauvage, mon ami? Savez-vous comment il faut chercher attentivement, au milieu de la mousse et des feuilles sèches, une toute petite pointe vert clair qui indique l'endroit où, si vous la laissez tranquille, vous pourrez cueillir au mois de mai une jolie grappe de petites cloches bleues? Quand j'étais petite, je n'avais pas envie de laisser cette jacinthe tranquille à sa place au pied d'un arbre. Je la voulais dans mon jardin; je m'en allais, mon couteau à la main, pour creuser la terre; demandez à Catherine si c'est chose facile.

CATHERINE.

J'en ai déjà manqué deux, je crois que je les ai coupées par le milieu, j'ai cassé la petite tige, bien sûr.

PAULINE, arrivant.

Alors, laisse-moi faire; si tu n'as pas abîmé les oignons, je vais tâcher de les déterrer pour les planter dans mon jardin. Tu sais que maman ne veut pas que nous les gâtions pour les laisser ensuite de côté.

GASTON.

Oh! une petite jacinthe sauvage!

PAULINE.

Maman dit que, puisque le bon Dieu se donne la peine de les faire pousser, nous pouvons bien nous donner celle de ne pas les abîmer. Attends, voilà deux oignons bien entiers; as-tu un panier, Catherine?

CATHERINE.

Oui, mais je n'ai qu'une jacinthe. Tu t'y prends mieux que moi; c'est que tu as un bien meilleur couteau. Aïe, aïe! qu'est-ce que j'ai touché? une chenille brune! comme il y en a! Regarde donc, Pauline; regarde, Gaston; ôtez-vous de là, ôtez-vous de là, elles piquent comme des orties.

PAULINE.

Elles sortent toutes d'un nid sur ce chêne; c'est affreux. Ah! les vilaines bêtes! Je croyais qu'il n'y avait pas encore de chenilles!

GASTON.

C'est qu'il fait chaud aujourd'hui, elles se réveillent. Vois donc, il y en a une en avant; je pense que c'est la mère de toutes les autres.

CATHERINE.

Et comme elles se suivent bien, il n'y en a pas une qui se dérange! elles sortent toujours: il y en aura jusqu'à demain. Oh! je prendrai mes jacinthes plus tard; je n'aime pas les processions de chenilles.

GASTON.

Allons dans notre jardin, nous planterons toujours

ces trois oignons, puis nous irons voir si les noisetiers commencent à fleurir.

CATHERINE.

Et si les saules ont des chatons. Regarde donc Pauline, elle déteste les chenilles, et pourtant elle reste là à les contempler !

PAULINE.

C'est que c'est très-curieux. J'ai mis une pierre sur leur chemin pour voir si elles se décourageraient ; pas du tout : la première qui a rencontré la pierre s'est détournée sans cesser de suivre celle qui marchait devant, et toutes ont fait de même. Je vais raconter cela à maman, quand elle reviendra, elle saura peut-être ce que c'est.

CATHERINE.

La voilà qui arrive ! Maman, il y a dans le petit bois une procession de chenilles ! Elles ont l'air de collégiens en promenade !

MADAME DE LUSSAC.

Seulement, j'espère qu'elles ne se poussent pas dans les rangs.

PAULINE.

Maman, faites attention, leurs poils piquent. Savez-vous comment s'appellent ces étranges bêtes ?

MADAME DE LUSSAC.

Oui, j'en ai rencontré deux ou trois fois, et j'ai demandé leur nom, mais vous l'avez inventé à vous tout seuls : c'est la chenille processionnaire, ou qui marche en procession. En effet, leurs poils, qui se détachent très-aisément, piquent comme des orties. Avez-vous déterré beaucoup d'oignons de jacinthe?

GASTON.

Trois seulement, maman.

MADAME DE LUSSAC.

Eh bien! allez les planter. Quand vous aurez fini, vous me rejoindrez près de la serre, et nous irons faire une petite promenade en dépit de la crotte.

PAULINE, regardant ses gants.

Nous sommes déjà bien crottés, maman.

Les oignons de jacinthe plantés un peu à la hâte, les enfants coururent rejoindre leur mère, qui venait de sortir de la serre et qui regardait quelque chose sous le petit toit qui protégeait les outils d'un côté du bâtiment. « Qu'est-ce que vous voyez là, maman? » s'écria Catherine, qui arrivait en courant.

MADAME DE LUSSAC.

Une autre espèce de chenille dans un autre moment de sa vie.

PAULINE.

Une chrysalide, maman?

GASTON.

Qu'est-ce que c'est qu'une chrysalide?

PAULINE.

C'est la petite maison où les chenilles s'endorment avant de devenir des papillons, n'est-ce pas, maman?

MADAME DE LUSSAC.

A peu près. C'est l'état des chenilles quand elles ne sont plus chenilles et qu'elles ne sont pas encore papillons. Le papillon du chou sortira de celle-là dans un mois ou six semaines.

GASTON, d'un air incrédule.

Il aura bien besoin de changer alors, cette vilaine petite boule ne ressemble pas à un papillon. Maman, allons du côté des saules : je suis sûr qu'il y a des chatons.

MADAME DE LUSSAC.

Il y en a quelques-uns, votre père en tenait une branche à la main quand il est venu me parler avant déjeuner. Tenez, les voyez-vous de loin?

GASTON.

Courons vite en avant, Catherine.

PAULINE.

Maman, si Catherine rapporte beaucoup de chatons, je les enfilerai pour en faire une garniture que
je coudrai au bas de sa robe pour ce soir; elle sera
bien étonnée quand elle viendra s'habiller. Ah! voilà
des grappes de noisetier qui commencent!

MADAME DE LUSSAC.

Oui, comme elles sont encore petites et minces! il
faudra quinze jours au moins pour les faire ouvrir.

PAULINE.

Oh! maman, s'il fait doux, elles seront déjà bien
jolies dans huit jours. Quel bonheur! c'est la première chose qui annonce le printemps!

MADAME DE LUSSAC.

Et pourtant tu aimes l'hiver, ma fille?

PAULINE.

Oh! j'aime toutes les saisons, maman, mais comme
je n'aime pas autant à travailler que Françoise, je
suis bien contente de voir les jours s'allonger et le
printemps revenir. S'il fait doux, nous aurons bientôt des fleurs, et j'aime tant les violettes! Oh! les
beaux chatons! il y en a plus que je ne croyais. Catherine, donne-m'en quelques-uns?

CATHERINE.

Qu'en veux-tu faire?

PAULINE.

Tu verras, tu verras!

GASTON.

Tiens, voilà les miens; n'est-ce pas qu'ils sont jolis? mets-en seulement un beau à mon chapeau. Comme j'ai chaud, maman; puis-je ôter ma cravate?

MADAME DE LUSSAC.

Oh! il ne fait pas encore bien étouffant, mais ce temps-là ne ressemble pas à ce qu'on voit quelquefois au mois de février. Si vous vous dépêchez de faire vos devoirs et que vous ayez fini de bonne heure, messieurs les garçons, vous pourrez venir dans ma chambre avant le dîner, et je vous lirai l'histoire d'un rouge-gorge qui a failli mourir de froid au mois de février.

PAULINE.

Où avez-vous trouvé cette histoire-là, maman?

MADAME DE LUSSAC.

Dans un petit livre qu'on m'a envoyé l'autre jour. J'en ai lu deux ou trois, et celle-là m'a amusée.

HENRI.

Allons, Guillaume, dépêchons-nous, je veux savoir l'histoire du rouge-gorge.

Guillaume avait bien envie de perdre son temps dans l'après-midi, mais Henri, qui savait mieux que personne regarder en l'air quand il n'était pas décidé à travailler, était également très-capable de bien faire quand il voulait, et ce jour-là, il voulait pouvoir s'établir dans la chambre de sa mère avant le dîner, pour l'écouter lire une histoire, tout en dessinant un vaisseau. Aussi ne permit-il pas à Guillaume de flâner; à tout moment il lui rappelait le rouge-gorge, si bien qu'à cinq heures et demie tout le monde était installé autour de la table dans la chambre de madame de Lussac.

— Quel bonheur! nous y sommes tous, même Gabrielle, dit Pauline. Maman, commençons tout de suite, pendant qu'elle est sage.

Et madame de Lussac, prenant sur son étagère un petit livre rose, lut ce qui suit :

LE ROUGE-GORGE

— Maman, je crois qu'il ne fera jamais froid cette année, s'écriait, le 2 février, Paul de Chalard, assis sur une grosse pierre au bord de la route, à côté de sa mère. Nous voilà assis comme au mois de mai et je n'ai pas même mon gros paletot.

MADAME DE CHALARD.

Ne nous vantons pas, mon garçon, le froid peut encore venir.

PAUL.

Je ne me vante pas, maman, j'aime beaucoup le froid, le vrai froid ; il n'y a pas eu de glace encore cette année, et vous savez bien que vous m'aviez promis que j'apprendrais à patiner.

MADAME DE CHALARD.

Si ton oncle vient vous voir et que la glace soit assez forte pour nous porter. Voilà deux *si* très-importants.

PAUL, après un moment de réflexion.

Maman, pourquoi mon oncle Albert ne reste-t-il pas avec nous à Chalard toute l'année?

MADAME DE CHALARD.

Parce qu'il a des affaires à Paris, mon enfant.

PAUL.

Mais, est-ce qu'il ne pourrait pas amener ses affaires à Chalard avec lui, comme Aimée?

MADAME DE CHALARD.

Non, Aimée est sa fille, elle va où il convient à son

père ; mais les gens auxquels ton oncle a affaire ne viendraient pas le chercher ici.

C'est que vous êtes ici avec un petit garçon, mon oncle à Paris avec une petite fille ; ce serait bien plus amusant d'être ensemble.

Tout en bavardant, Paul regarda sa mère et vit qu'elle avait les yeux pleins de larmes : « Maman pense à mon père, » se dit-il, et le petit garçon se tut et se mit, lui aussi, à penser à ce père dont il ne se souvenait pas, et qui était mort si jeune, loin de sa femme et de ses amis, sur le vaisseau qu'il commandait. « Si papa était ici, maman ne pleurerait jamais, se disait-il, et moi je patinerais ; mais maman dit qu'il est plus heureux avec le bon Dieu qu'avec nous. Nous pouvons bien nous ennuyer un peu, puisqu'il est content. » Et Paul, consolé par cette réflexion, se leva d'un seul bond de la pierre qui lui servait de siége, et se mit à construire une ville fortifiée sur le bord de la route. Madame de Chalard avait fait à peu près les mêmes réflexions que son fils, avec un sentiment plus vif de la longueur de l'attente, et elle se leva pour rentrer à la maison.

— Comme le ciel est pur ce soir! dit-elle en regardant la vaste étendue qui s'ouvrait devant elle.

PAUL.

Oui, maman, regardez donc comme on voit loin!
Il me semble que je vois là-bas les clochers d'Angers.

MADAME DE CHALARD.

Pas tout à fait. Trois lieues, c'est beaucoup, même
par le plus beau temps du monde ; mais, quoi que
tu en dises, je trouve qu'il ne fait pas chaud. Rentrons vite, mon garçon.

Paul ne demandait pas mieux, il aimait beaucoup
cette heure-là ; comme il avait montré, tout petit, un
véritable goût pour le dessin, sa mère lui permettait de
copier les petits modèles qu'elle lui donnait, et, quand
on apportait la lampe, elle jouait souvent du piano à
côté de son petit garçon qui dessinait. Ce jour-là,
Paul avait une grande entreprise en tête : il voulait
faire le portrait de tous les meubles de la chambre
de sa mère, et de la chambre elle-même, « pour faire
une surprise à maman. »

— J'espère qu'elle va jouer quelque chose de bien
difficile ce soir, et qu'elle ne me demandera pas ce
que je fais, pensait il.

En rentrant, Paul courut chercher une grande
feuille de papier, puis, comme le domestique n'avait
pas encore apporté la lampe, il s'approcha de la fenêtre pour tailler son crayon.

— Il me semble que tu fais bien des préparatifs ce soir, dit madame de Chalard en riant.

PAUL.

Oh! c'est que... je veux... J'ai une idée, maman.

MADAME DE CHALARD.

Oh! si tu as une idée, je n'ai plus rien à dire. Allume les bougies du piano en attendant la lampe.

Une demi-heure après Paul était en train de dessiner un fauteuil qui ne voulait pas se tenir sur ses pieds, la table était déjà faite, et la lampe était aussi grosse que le lit, lorsque le domestique entra et déposa deux lettres devant madame de Chalard et une devant Paul.

— Une lettre d'Aimée! une lettre d'Aimée par la seconde poste! s'écria-t-il. Maman, ils vont venir!

MADAME DE CHALARD.

Dis-moi ce qu'écrit Aimée, mon enfant, je n'ai rien de ton oncle.

PAUL, lisant.

« Mon cher Paul, je suis si contente, si contente, que je ne sais pas si je vais pouvoir t'écrire; papa va m'envoyer à Chalard! Il est obligé d'aller en Allemagne pour ses affaires, dans un endroit dont j'ai oublié le nom; d'ailleurs je ne saurais pas l'écrire, et il

5.

m'a dit ce matin que je passerais avec vous le temps
de son absence. Comme nous allons nous amuser! Je
n'ai jamais été à Chalard en hiver. J'espère qu'il va
faire bien froid, et que nous pourrons manger des
chandelles de glace. J'ai si envie de marcher dans de
la neige blanche! à Paris elle est toujours noire.
C'est Victorine qui m'amènera, et nous arriverons
lundi par le train express. Papa prie ma tante de lui
écrire si je suis sage; je serai très-sage, et il viendra
me chercher. Je t'embrasse, mon cher Paul.

« AIMÉE. »

Aimée avait neuf ans, deux ans de plus que Paul,
qui l'aimait comme sa sœur, et qui n'imaginait pas
de plus grand plaisir que de courir à Chalard avec
Aimée.

— Vous voyez bien, maman, qu'il nous faut du
froid puisque Aimée vient, et qu'elle en a si grande
envie, répétait-il toute la soirée.

Et en faisant sa prière il demanda au bon Dieu
d'envoyer bien vite de la glace « pour nous amuser,
moi et Aimée. »

Le temps était beaucoup plus frais le lendemain,
et le dimanche, veille de l'arrivée d'Aimée, le petit
ruisseau qui coulait dans le bas du jardin était cou-

vert d'une légère couche de glace. Paul, qui avait
admiré sur ses fenêtres les petites branches et les
dentelles qui la paraient le matin, se précipita dans
la chambre de sa mère en criant :

— Maman, il a gelé, je l'ai vu sur mes carreaux!

MADAME DE CHALARD.

Oui, il a gelé, je n'en suis pas fâchée; mes pêchers
auraient été en fleur au mois de mai si ce temps-là
avait duré.

PAUL.

Ah! nous aurions eu des pêches si vite?

MADAME DE CHALARD.

Nous n'en aurions pas eu du tout; le froid serait
venu et aurait tout gâté; tu peux jouir du froid, il
sera très-utile aux pêches.

PAUL.

Tant mieux, j'aime beaucoup les pêches, mais
j'aime mieux les abricots; est-ce un bon temps pour
les abricots, maman?

MADAME DE CHALARD.

Très-bon. Maintenant viens avec moi voir si la
chambre d'Aimée est prête.

PAUL.

Maman, il fait très-froid, il fera plus froid demain; il faut faire du feu chez Aimée.

MADAME DE CHALARD.

Sois tranquille. Vois-tu, le feu est déjà allumé.

PAUL.

Est-ce qu'elle arrive aujourd'hui, maman?

MADAME DE CHALARD.

Non, mais c'est pour réchauffer sa chambre. Veux-tu venir voir si le ruisseau est gelé, dès que nous aurons déjeuné?

Paul était si pressé qu'il ne voulait pas déjeuner, mais comme sa mère entrait tranquillement dans la salle à manger, il fut bien obligé de la suivre. Tout en mangeant des pommes de terre, il regardait du côté de la fenêtre.

— Maman, s'écria-t-il tout d'un coup, il y a un petit oiseau qui a frappé avec son bec à la fenêtre.

MADAME DE CHALARD.

Crois-tu? Je n'ai rien entendu.

PAUL.

J'en suis bien sûr. Je vais voir s'il n'est pas là.

Et Paul s'élance du côté de la fenêtre.

— Maman, maman, il y a un petit oiseau, tout petit, sur le rebord de la fenêtre; il tremble, il a l'air d'avoir froid. Maman, puis-je ouvrir la fenêtre?

MADAME DE CHALARD.

Il va s'envoler. Attends, je ferai moins de bruit que toi. Mettons d'abord quelques miettes de pain sur le rebord de la fenêtre.

Au premier bruit, le petit oiseau ouvrit ses ailes et s'envola; mais au bout d'un moment il revint becqueter les miettes de pain.

— Il mange, maman, c'est un rouge-gorge, disait Paul qui ne le quittait pas des yeux, peut-être qu'il prendra l'habitude de venir tous les matins. Maman, allons-nous sortir? il ne fait plus si beau que ce matin.

MADAME DE CHALARD.

Non, il va neiger, je crois; je suis bien aise qu'Aimée arrive demain : dans deux ou trois jours, les routes pourraient bien être mauvaises.

PAUL.

Mais le chemin de fer va toujours, maman.

MADAME DE CHALARD.

D'abord nous n'avons pas de chemin de fer d'ici à Angers, et puis crois-tu que la neige n'empêche jamais les trains de marcher? Même en France, elle les retarde quelquefois, et, en Amérique, on est souvent arrêté tout à fait.

PAUL.

Et qu'est-ce qu'on mange, alors?

MADAME DE CHALARD.

Ce qu'on trouve : des chiens ou des chevaux, s'il y en a dans le convoi.

PAUL.

Et s'il n'y en a pas?

MADAME DE CHALARD.

On a faim, et puis on mange ses bottes.

PAUL.

Merci bien! Si jamais je voyage en Amérique en hiver, j'emporterai un grand panier de provisions. Voilà le ruisseau, maman; il est gelé : puis-je glisser dessus?

MADAME DE CHALARD.

Tu n'y penses pas, mon enfant, c'est une feuille de papier.

Et du bout de son parapluie madame de Chalard faisait un trou dans la glace.

PAUL.

C'est vrai; je suis plus lourd qu'un parapluie. Ah! que je voudrais être à demain et voir Aimée!

Le lendemain, à cinq heures, madame de Chalard et son fils arrivaient à Angers pour recevoir un petit ballot de fourrures que Victorine tenait par la main.

— Voilà ma tante! s'écria la petite fille.

Et sans s'inquiéter de sa bonne ni des nombreux commissionnaires qui portaient des malles dans tous les sens, elle passa sous le bras de l'un, repoussa doucement l'autre, et se trouva dans les bras de sa tante, embrassant Paul à travers son voile avant que Victorine fût revenue de son étonnement.

— Ton voile est tout mouillé! Est-ce qu'il pleuvait dans le wagon? s'écria Paul en essuyant sa joue.

AIMÉE, riant.

Mais non! c'est qu'il fait froid, et c'est ma respiration qui a mouillé mon voile.

PAUL.

A la bonne heure! j'avais peur qu'il ne dégelât

déjà. Ah! si tu savais quel joli petit rouge-gorge il y avait ce matin à la fenêtre de la salle à manger! Hier il était déjà venu; nous lui avions donné du pain, et il est revenu aujourd'hui à la même heure. S'il neige, peut-être qu'il aura trop froid dehors et qu'il se laissera prendre.

AIMÉE.

Un rouge-gorge! Comme celui qui a couvert de feuilles les petits enfants de la forêt quand ils étaient morts?

PAUL.

Qu'est-ce que c'est que les petits enfants de la forêt?

AIMÉE.

Tu ne sais pas? Deux petits enfants qui n'avaient plus ni père ni mère, rien qu'un oncle très-méchant?...

PAUL.

Alors, il n'était pas comme mon oncle Albert.

AIMÉE.

Pas du tout. Il a envoyé les petits enfants tout seuls dans le bois; ils étaient très-loin de tout secours; ils ont mangé beaucoup de mûres; et puis ils étaient si fatigués, qu'ils se sont couchés par terre: ils sont morts, et le rouge-gorge les a enterrés sous les feuilles.

PAUL.

Et on n'a pas fait mourir le méchant oncle? Où as-tu lu cela?

AIMÉE.

Dans mon livre anglais; c'est en vers : je l'ai appris pour le jour de naissance de papa.

PAUL.

Moi, je ne suis pas encore si habile en anglais. Mais tu verras mon rouge-gorge; il a l'air si gentil, que je crois bien qu'il aurait pris soin des pauvres petits enfants tout comme l'autre.

Aimée avait froid et faim en arrivant à Chalard: d'ailleurs il faisait nuit, en sorte que Paul remit au lendemain la course au ruisseau. En descendant de voiture, ils reçurent sur le nez trois ou quatre flocons de neige qui les enchantèrent si fort, qu'ils entrèrent dans la maison en criant : — Vive la neige!

Le lendemain, Aimée, qui couchait dans une petite chambre à côté de celle de sa tante, fut bien étonnée, en se levant, de ne rien voir par la fenêtre. La neige tombait si serrée qu'on ne distinguait rien. Il n'y avait pas moyen de sortir, et les enfants se conten-

tèrent de faire des projets pour le moment où la
neige cesserait, tout en déballant la malle de la
poupée d'Aimée, qui contenait une quantité de petits présents pour Paul.

— Voilà le plus joli, dit Aimée, parce que, celui-là,
c'est papa qui l'envoie.

Et, développant le paquet, elle mit entre les mains
de Paul une charmante petite boîte à couleurs. Paul
était fou de joie; il décida immédiatement qu'il allait faire un grand tableau de Chalard sur la plus
grande feuille de papier qu'il y eût dans la maison,
et qu'il l'enverrait à son oncle pour le remercier de
son présent. Aimée, qui n'avait jamais pu de sa vie
faire une ligne droite, admirait excessivement le talent de Paul, et lui promettait une place d'honneur
pour son tableau.

— Voilà la cloche ! s'écria Paul ; je voudrais bien
savoir si le rouge-gorge va venir.

AIMÉE.

Et s'il se laissera prendre.

A peine était-on à table, que deux ou trois petits
coups de bec bien faibles vinrent annoncer l'arrivée
du petit hôte accoutumé. Sans rien dire aux enfants,
madame de Chalard se leva, ouvrit la fenêtre et prit

sans peine le pauvre petit oiseau tout transi, tout
gelé; elle le posa par terre, en faisant signe aux enfants de ne pas bouger. Peu à peu il se réchauffa,
s'enhardit; il sautilla sous la table et se mit à becqueter les miettes ; puis, prenant tout d'un coup son
parti, il ouvrit ses ailes et vint se poser sur la table, à
côté de l'assiette d'Aimée.

— Ma tante, maman, pouvons-nous le garder?
dirent tout bas les deux enfants.

MADAME DE CHALARD.

Pendant qu'il fait froid ; ensuite, nous le mettrons
en liberté. Paul, va demander la grande cage d'o-
sier.

Il était plus facile de faire entrer le rouge-gorge
dans la chambre que de le reprendre ensuite pour
le mettre dans la cage. Enfin, après bien des chas-
ses, après avoir secoué dix fois les rideaux sur lesquels il allait se percher, Robin, comme les enfants
l'avaient baptisé, se trouva installé dans sa cage. Il
en fit cinq ou six fois le tour très-vite; puis, voyant
de la graine dans un coin et de l'eau dans l'autre, il
parut se résigner pour quelque temps à sa maison
d'osier.

Le lendemain, le temps était clair ; il faisait très-
froid et la neige était dure sous les pieds. Aimée ne

se lassait pas de courir sur la glace, devenue assez
solide pour les porter, et on ne se faisait pas grand
mal en tombant. Victorine, qui avait commencé par
accompagner la petite fille dans toutes ses excur-
sions et par faire cent objections à toutes les in-
ventions des enfants, finit par rester souvent à la
maison. Elle se contentait de hocher la tête d'un air
triste quand Aimée rentrait avec une frange de neige
tout autour de sa robe, un glaçon dans chaque main,
et son capuchon orné de feuilles couvertes de givre.
— Quel gâchis! disait-elle. Mais les joues d'Aimée
étaient si roses et la petite fille s'amusait tant, qu'elle
n'avait pas le cœur de gronder davantage.

Au bout de dix jours, la neige fondit, le ruisseau
recommença à couler, et les enfants se réjouirent de
revoir la terre comme ils s'étaient réjouis de voir la
neige; mais le rouge-gorge s'agitait dans sa cage. Au
lieu de regarder tristement la pelouse toute blanche,
comme il le faisait quelques jours auparavant, il
sautait vingt fois de suite de son barreau au fond de
la cage, et du fond de la cage sur son barreau; il
fallut bien le mettre en liberté. Les enfants appor-
tèrent la cage sur le perron, et là ils ouvrirent la
porte. Robin hésita un instant, puis il sautilla jusqu'à
la porte, respira l'air une ou deux fois, et s'envola à
tire-d'aile.

— Adieu, Robin! s'écrièrent les enfants, reviens

l'année prochaine! Et il semblait, par ses chants joyeux, leur promettre son retour.

———

— Moi, je veux prendre un rouge-gorge, dit Gaston qui avait écouté toute l'histoire sans bouger et la bouche ouverte.

MADAME DE LUSSAC.

Je ne pense pas que ce soit pour cette année ; le roid est fini, je crois, et puis, moi, j'ai assez de rouges-gorges dans la maison.

CATHERINE.

Où donc sont-ils, maman ?

PAULINE.

Tu ne vois pas que nous sommes les rouges-gorges de maman ?

GASTON.

Mais, maman, je ne suis pas rouge du tout.

MADAME DE LUSSAC.

Non, mais tu fais plus de bruit que vingt rouges-gorges. Allons, voilà le plus petit qui se réveille ! Ne pleure pas, ma fillette, je vais te rendre à ta nourrice. Voilà la cloche, allez vous habiller pour le dîner, mes enfants.

MARS

TROISIÈME PROMENADE

Papa, quand j'aurai fini ma version latine, pourrai-je sortir? demandait Henri à son père par une après-midi du mois de mars, Guillaume dit qu'il a aperçu dans le fossé, le long du pré, quelque chose de si extraordinaire que j'ai bien envie d'aller voir ce que c'est.

M. DE LUSSAC.

Dépêche-toi, et nous irons ensemble; on va commencer à étendre les vases dans le pré, et j'irai avec toi de ce côté-là.

Henri travaillait en silence depuis un moment, lorsque Guillaume entra en courant.

— Es-tu prêt? Moi, j'ai fini avec miss Bessie. Je n'ai pas de mauvaises notes aujourd'hui, papa.

M. DE LUSSAC.

Henri finit, partons. Je pense que nous rencontrerons quelque part votre mère et vos sœurs.

GUILLAUME.

Françoise est sortie avec maman, mais Pauline, Catherine et Gaston sont avec miss Bessie. Faut-il prendre un parapluie, papa?

M. DE LUSSAC.

Je crois bien, nous sortons d'une giboulée pour entrer dans une autre. Le soleil est brillant maintenant, dans cinq minutes nous aurons peut-être des torrents.

HENRI.

Papa, voyez-vous l'arc-en-ciel? oh! il y en a deux, que c'est beau!

GUILLAUME.

Il commençait tout à l'heure quand je suis venu, et il descendait si bas que Gaston suppliait miss Bessie de les mener de ce côté-là, en disant qu'il voulait attraper l'arc-en-ciel.

HENRI.

Nous voilà dans le pré, montre-moi donc la découverte.

GUILLAUME.

Attends, attends, il faut d'abord que je la retrouve. Je ne vois rien dans le fossé; quelqu'un l'aura pris; non, tiens, regarde ces grosses grappes de perles, cela ressemble à de la gelée, n'est-ce pas?

HENRI.

Oh! que c'est drôle! ce sont les œufs de quelque bête, j'en suis sûr. J'ai vu des œufs de poisson, mais c'est plus joli que ça. Papa, papa, pourriez-vous nous dire ce que c'est que ces grappes? Je ne les avais jamais remarquées.

M. DE LUSSAC.

Ce sont des œufs de grenouille. D'ici à quelque temps le fossé sera plein de petits têtards.

GUILLAUME.

Ah oui! ces petites bêtes toutes rondes qui n'ont

4

qu'une queue et qui nagent si vite. C'est égal, les œufs de grenouille ne sont pas jolis. Tiens! un rat d'eau; il y a longtemps que je ne les avais vus bouger.

M. DE LUSSAC.

C'est qu'il faisait trop froid; je recommencerai bientôt à leur faire la chasse, sans quoi ils mangeront sur l'étang tous les petits canards de la mère. Voilà Françoise et votre mère qui apparaissent là-bas. — D'où venez-vous, ma chère?

MADAME DE LUSSAC.

Vous ne devineriez jamais ce que nous avons fait, Françoise et moi, au lieu d'aller à nos affaires dans le village.

M. DE LUSSAC.

Est-ce que vous avez déniché des petits oiseaux?

MADAME DE LUSSAC.

Pas tout à fait, mais nous sommes restées un quart d'heure derrière la haie à regarder une petite mésange qui construisait son nid. Vous voyez que c'est tout le contraire de la mauvaise action que vous me supposiez.

M. DE LUSSAC.

C'est parce que les petits n'y sont pas; quand ils seront éclos, nous verrons.

FRANÇOISE.

Oh! papa, si vous saviez que ce nid est joli! il est tout garni du duvet des boutons de saule, vous savez bien, ce que Catherine appelle des chatons? c'est doux comme du velours, et le nid est presque fermé par en haut; la mésange travaillait à le fermer tout à fait, il n'y a qu'une petite porte de côté. Comme le bon Dieu a donné de l'esprit à ces petites bêtes!

GUILLAUME.

Oh! moi, je ferais bien un nid.

M. DE LUSSAC.

J'aime mieux ne pas être le petit oiseau qui coucherait dedans; d'ailleurs, j'espère qu'avec le temps tu arriveras à en savoir un peu plus que les mésanges.

HENRI.

Moi, j'ai vu hier un nid bien curieux aussi : j'étais entré dans le petit marais pour cueillir des roseaux, et j'ai vu au milieu des plantes un nid fait de joncs, qui s'agitait au vent comme une balançoire ; c'était très-joli, mais rien qu'à le voir remuer cela me donnait le mal de mer.

M. DE LUSSAC.

C'est le nid d'une espèce de fauvette. Qu'est-ce que tu manges donc là, Guillaume?

GUILLAUME, confus.

Une fleur d'oseille, papa.

M. DE LUSSAC.

Ah ! les feuilles ne te suffisent pas? quand on t'a défendu tant de fois d'y toucher? il faut encore que tu manges les fleurs? Cela a donc le même goût?

GUILLAUME.

Tout à fait, papa. Maman, je vois un bouton d'or, je vais le chercher.

MADAME DE LUSSAC.

Ce n'est pas un bouton d'or, vois plutôt les feuilles, mais cela y ressemble. Remontons du côté du bois, nous rencontrerons peut-être miss Bessie et les enfants ; ils m'ont promis une moisson de fleurs.

FRANÇOISE.

Oh ! maintenant, c'est facile ; on n'est plus obligé

de faire des collections de feuilles de lierre comme en hiver.

MADAME DE LUSSAC.

Tu oublies le houx et nos chères scolopendres : mais je t'accorde qu'il est charmant de sentir venir le printemps : il me semble que je repousse avec toutes ces feuilles.

FRANÇOISE.

Ne dites donc pas cela, maman : vous parlez toujours comme si vous étiez vieille !

MADAME DE LUSSAC.

J'ai trente-cinq ans et sept enfants, ma fille ; tu verras si le printemps ne te fait pas l'effet du *renouveau* quand tu auras mon âge.

FRANÇOISE.

Le renouveau ? Maman, qu'est-ce que cela veut dire ?

MADAME DE LUSSAC.

C'est le nom que les vieux poëtes français donnaient au printemps. Regarde, que de violettes ! Cueillons-en quelques-unes, dans le cas où les enfants n'en auraient pas rencontré.

4.

FRANÇOISE.

J'entends la voix de Catherine : la voilà avec tous ses cheveux dans les yeux. Avez-vous beaucoup de fleurs?

CATHERINE.

Oh! une quantité d'anémones. Nous avons eu bien de la peine à empêcher Gaston de les cueillir sans queue, et les feuilles sont si jolies! et puis deux ou trois violettes. Qu'est-ce que vous cueillez donc là? des violettes! Pauline, des violettes! un endroit tout bleu!

PAULINE.

Attends que je finisse d'attacher mes primevères. Maman, je réclame le grand vase de cristal violet pour les primevères : le lilas et le jaune vont très-bien ensemble.

MADAME DE LUSSAC.

Vous arrangerez les fleurs comme vous voudrez, pourvu que vous ne cassiez rien. Avez-vous des pervenches?

MISS BESSIE.

Nón, madame; les enfants ont dit qu'ils en trouveraient dans le petit bois de l'avenue, et...

CATHERINE, s'élançant en avant.

Non, non, miss Bessie, ne dites rien : c'est un secret !

MISS BESSIE, tout bas.

Je n'en savais rien ; je vais en avant pour apporter la jardinière dans le petit bois.

PAULINE, s'approchant.

Oui, et un couteau de cuisine. Maman, voyez-vous, nous avons trouvé des pas-d'âne ; seulement, les feuilles n'y étaient pas encore ; et puis j'ai des véroniques, mais elles sont déjà un peu fanées.

CATHERINE.

Et moi, j'ai cueilli un paquet de reines des bois pour les faire sécher : cela sent si bon ! Et j'ai trouvé deux orties blanches. Miss Bessie ne voulait pas me les laisser cueillir : elle croyait que cela piquait comme les autres.

MADAME DE LUSSAC.

Et toi, mon petit Gaston, qu'est-ce que tu as trouvé ?

GASTON.

Des marguerites, beaucoup de marguerites. Maman, voudriez-vous me faire un collier ?

MADAME DE LUSSAC.

Elles sont trop petites et les queues sont trop courtes à présent; et puis, quand tu veux un collier, il ne faut pas serrer toutes les fleurs dans ta main : elles ne sont bonnes à rien ensuite.

CATHERINE.

Maman, pouvons-nous entrer dans le petit bois? miss Bessie nous y attend.

GASTON.

Moi, je vais avec maman.

CATHERINE.

Si tu dis le secret...

GASTON,

Oh! moi, je ne dis rien !

MADAME DE LUSSAC.

Dépêchez-vous, il commence à faire moins chaud.

PAULINE, du milieu du bois.

Nous vous suivons, maman, nous vous suivons.

MADAME DE LUSSAC.

Allons, mon garçon, remontons tout seuls. Es-tu fatigué?

GASTON.

Oui, maman; j'ai mal dans les jambes, mais ma bonne dit que c'est le printemps, parce que je grandis. Je veux être grand comme papa, d'abord!

MADAME DE LUSSAC.

Et si le bon Dieu ne veut pas?

GASTON.

Ah!... si le bon Dieu ne veut pas... Mais il voudra bien, parce que je le lui demanderai tous les jours dans ma prière. Maman, nous voilà arrivés; puis-je avoir une cerise confite?

MADAME DE LUSSAC.

Attends d'abord que j'aie ôté tes caoutchoucs et ton paletot. Qu'as-tu fait de tes gants?

GASTON.

Je ne sais pas, maman... Ah! si, je sais : ils sont restés dans le bois.

MADAME DE LUSSAC.

Et pourquoi les avais-tu ôtés?

GASTON.

Pour cueillir une jolie branche de feuilles! Mais Pauline a dit que c'était un sceau de Salomon, qu'il fleurirait bientôt, et qu'il fallait le laisser tranquille. C'était au pied de la garenne, sous les arbres.

MADAME DE LUSSAC.

Peut-être les retrouverons-nous demain. Quand tu ôtes tes gants, mets-les toujours dans ta poche. A quoi sert-il de me tourmenter toujours pour te faire des poches, si tu ne mets rien dedans?

GASTON.

Oh! si, maman, je mets toutes sortes de choses dedans! Regardez, regardez, voilà le secret!

PAULINE et CATHERINE, tenant une petite jardinière remplie de pervenches.

Voyez, maman, si elles ne sont pas belles? Nous les avons déracinées avec un couteau, et dans la terre elles dureront longtemps.

FRANÇOISE.

Voilà aussi un gros bouquet, maman; j'ai cueilli cent pervenches en cinq minutes, à la montre de miss Bessie.

MADAME DE LUSSAC.

Et qu'as-tu donc fait de la tienne?

FRANÇOISE.

Je ne sais pas ce qu'elle a, maman, elle ne veut pas aller.

MADAME DE LUSSAC.

Tu l'as probablement cassée encore une fois. Mais faisons une place sur la table à la jardinière. Que c'est joli, j'aime tant les pervenches! Merci, mes enfants.

PAULINE.

Viens, Françoise; viens, Catherine; allons arranger nos fleurs.

FRANÇOISE.

Attends, je veux demander à maman si elle nous lira ce soir quelque chose dans le petit livre rose.

MADAME DE LUSSAC.

Il n'y a plus qu'une histoire, mais elle convient très-bien à ce temps-ci; elle s'appelle *les Agneaux*. Votre père va dîner chez M. Dargent; je vous lirai cela ce soir, avant que Gaston s'endorme.

GASTON.

Moi, je ne m'endors pas, maman; d'ailleurs, je veux savoir l'histoire des agneaux, j'en ai vu deux ce matin dans la bergerie.

Précisément. Maintenant, mes filles, mettez vos fleurs dans l'eau ou emportez-les, je ne veux pas ce désordre dans le salon.

M. de Lussac était allé dîner chez l'un de ses voisins; miss Bessie avait la migraine, en sorte que madame de Lussac était trop heureuse d'avoir une histoire à lire à ses enfants, et par conséquent l'espoir d'obtenir un peu de tranquillité; dès qu'on fut entré dans la bibliothèque, où l'on se tenait le soir, elle ouvrit tout de suite son livre; Gaston s'était installé sur ses genoux, Henri et Guillaume avaient cessé un moment de se disputer, et on écoutait de toutes ses oreilles.

— Voici l'histoire, dit madame de Lussac, voyons si vous la trouverez jolie.

LES AGNEAUX

— Papa, pourquoi prenez-vous votre fusil? je croyais que la chasse était fermée, disait un matin à son père le petit Charles Domassé.

M. DOMASSÉ.

La chasse est fermée, excepté pour les animaux nuisibles, et je compte aller demain matin chasser au renard et au blaireau. Je veux essayer d'avoir quelques perdrix de plus que l'année dernière.

CHARLES.

Oui, les renards mangent toutes celles qu'ils rencontrent, et ils sont très-méchants aussi pour les petits lapins. J'en ai vu deux, un jour, dans le bois; ils étaient tout déchirés, et le garde m'a dit que c'était un renard qui les avait tués.

M. DOMASSÉ.

Je prendrais plus aisément mon parti du meurtre des lapins que de celui des perdrix; mais va-t'en dire à Huret de venir chercher mes fusils.

CHARLES, joignant les mains.

Oh! papa, pourrai-je venir avec vous à la chasse?

M. DOMASSÉ.

Non, mon garçon, quand je suis seul à la bonne heure, mais, avec trois ou quatre personnes, je serais trop inquiet. Tu pourrais recevoir un coup de fusil à la place d'un blaireau.

CHARLES.

Alors, cet automne, quand vous irez seul, vous m'emmènerez quelquefois, n'est-ce pas?

M. DOMASSÉ.

Quelquefois, je ne dis pas, *une fois*, je te le promets. Va-t'en appeler Huret.

Au moment où Charles allait sortir, il rencontra sa petite sœur Berthe qui pleurait à chaudes larmes ; il s'arrêta effrayé; Berthe était très-gaie et ne pleurait presque jamais.

— Qu'est-ce que tu as donc? lui demanda-t-il.

BERTHE.

Un agneau, un pauvre petit agneau, le premier de cette année, mort, mangé, déchiré....

CHARLES.

Qu'est-ce que tu dis?

BERTHE.

Le berger l'a dit.... il pleure aussi.... il veut s'en aller.... il dit que c'est sa faute....

CHARLES, appelant.

Papa, papa, il y a un agneau mort, et le berger dit que c'est sa faute.

M. DOMASSÉ.

C'est peut-être un peu la mienne : j'ai voulu faire des économies et j'ai pris un enfant au lieu d'un bon berger; il me fera des sottises. Je vais voir.

Les enfants se précipitèrent à la suite de leur père. En arrivant à la ferme, ils trouvèrent le petit berger assis dans un coin de la cuisine, la tête dans ses mains. En se levant à la voix de M. Domassé, il laissa tomber le corps d'un petit agneau qui venait de naître et dont la tête avait été déchirée.

— Comment cela s'est-il fait, Tranquille? dit M. Domassé; la mère n'était donc pas avec le troupeau?

TRANQUILLE, pleurant.

Non, monsieur; hier au soir elle n'était pas rentrée avec les autres.

M. DOMASSÉ.

Et tu ne t'en étais pas aperçu? Tu ne les comptes donc pas?

TRANQUILLE.

Pas hier soir, monsieur.

M. DOMASSÉ.

Et comment l'as-tu retrouvée?

TRANQUILLE.

En traversant le bois avec les autres, monsieur; je l'ai trouvée toute seule, auprès.... auprès du corps de.... de son agneau.

M. DOMASSÉ.

Écoute, Tranquille, tu viens de me prouver que tu es un détestable berger; tu laisses égarer tes bêtes, et tu ne te donnes même pas la peine de vérifier ton compte le soir. Si tu veux passer à la charrue, pour diriger les chevaux, je te garderai, mais je ne veux plus te confier le troupeau.

TRANQUILLE.

Oh! not' maître, c'est le plus joli moment, elles vont avoir leurs agneaux!

M. DOMASSÉ.

Précisément; tous les agneaux mourraient et ce serait une double perte pour moi. Allons, Berthe, ne pleure plus; le premier agneau qui naîtra sera pour toi, cela te consolera de la mort de celui-ci.

CHARLES.

Et moi, papa, pourrai-je en avoir un?

M. DOMASSÉ.

Toi, tu auras la peau du renard qui a étranglé

cette pauvre petite bête. Voilà, j'espère, ce qui s'appelle vendre la peau de l'ours avant qu'il soit par terre. Il faut que je m'occupe de trouver un berger; j'ai entendu dire que Delphin cherche à se replacer.

CHARLES.

Il ne veut plus être chasseur de canards?

M. DOMASSÉ.

Il paraît que l'hiver dernier lui a donné des rhumatismes; c'est un métier rude, vois-tu, que de passer la nuit, couché dans la neige, à guetter les canards. On peut y aller une fois en passant, mais compter là-dessus pour le pain de tous les jours, c'est autre chose. Enfants, rentrez pour vos leçons.

BERTHE.

Papa, vous n'oublierez pas ce que vous m'avez promis pour le petit agneau?

M. DOMASSÉ.

Non, non, sois tranquille. Le premier né ou le plus beau, comme tu voudras.

BERTHE.

Oh! j'aime mieux le plus beau! mais c'est que je ne saurai pas choisir,

M. DOMASSÉ.

Tu en chargeras Delphin, si je puis remettre la
main sur lui. En attendant, tâche de savoir aujour-
d'hui lequel de Rémus ou de Romulus a été tué par
son frère ; il me semble qu'hier ta mère ne pouvait
rien tirer de toi à ce sujet.

BERTHE.

Oh ! c'est Rémus qui a tué Romulus, je le sais bien
aujourd'hui.

M. DOMASSÉ.

Tu crois? Eh bien, va demander à ta mère. Moi,
je vais au bourg chercher des nouvelles de Delphin.

Le lendemain, au petit jour, à six heures, M. Domassé partit pour la chasse avec un de ses amis et
trois gardes des environs. Les enfants prenaient leurs
leçons tant bien que mal; Charles aurait voulu des
renseignements sur les habitudes du blaireau et du
renard, mais sa mère ne voulait lui en rien dire;
peut-être n'en savait-elle pas grand'chose. A trois
heures, au moment du goûter, on entendit les aboiements des chiens et les voix des chasseurs. Charles
s'élança dans la cour au moment où son père appelait : — Charles! Charles! — L'un des gardes portait
un très-beau renard, mais tout le monde se pressait

autour d'un animal vivant. Charles était petit et ne
pouvait pas distinguer ce que c'était.

— Approche, mon garçon, dit son père, regarde;
qu'est-ce que c'est ça?

CHARLES.

Je ne sais pas bien, papa ; est-ce un blaireau?
Comment l'avez-vous pris vivant? Il a l'air bien méchant.

M. DOMASSÉ.

C'est un blaireau ; nous l'avons trouvé pris dans un
piége qu'Huret avait tendu à l'endroit de sa *passée*.
Tu vas voir comme il se bat avec les chiens.

En effet, tous les chiens, les yeux brillants, l'air
animé, aboyant par intervalles, n'attendaient que la
permission de leurs maîtres pour se jeter sur le blaireau. Celui-ci se défendait courageusement, il mordait et griffait à droite et à gauche, en dépit de sa
patte retenue par le piége auquel était attachée une
longue corde. Plus d'une fois les chiens se retirèrent
en hurlant; enfin, Berthe, qui avait contemplé ce
spectacle de la fenêtre de sa mère, finit par n'y plus
tenir. Elle se mit à crier : —Papa, je vous en prie, ne
les laissez plus se battre, il fait mal aux chiens, et
les chiens lui font mal! c'est trop cruel! Je vous en
prie, papa, faites-les finir!

M. DOMASSÉ, au garde.

Emmenez le blaireau dans la cour de l'écurie, et tirez-lui un coup de fusil. Rattachez les chiens. Il faut y regarder, il y en a plusieurs qui doivent être bien mordus. Huret, je vous achète la peau du renard et celle du blaireau. J'en ai promis une à M. Charles, et l'autre sera pour mademoiselle Berthe.

HURET.

Faut-il les envoyer tout de suite à la ville pour en faire des petits tapis, monsieur?

M. DOMASSÉ.

Je veux bien. Je ne m'étais pas engagé à donner des petits tapis, mais j'aime autant qu'ils ne jouent pas avec ces peaux dans leur état naturel. Rentrons, rentrons; avec les deux renards qu'a emportés le garde de M. Richard, cela nous fait quatre animaux nuisibles de moins.

— Papa, s'écria Berthe, huit jours après, j'ai vu Delphin, il est revenu.

M. DOMASSÉ.

Tu comprends que je l'ai vu avant toi; mais qu'est-ce qu'il t'a dit?

BERTHE.

Qu'il y avait déjà vingt agneaux, et que, si je

voulais venir choisir, il me montrerait le plus joli. Puis-je aller à la bergerie, papa?

M. DOMASSÉ.

Oui, viens, nous irons ensemble. Qu'est-ce c'est que ces rubans?

BERTHE.

Oh! c'est un collier et des bracelets pour mon agneau.

M. DOMASSÉ.

Ce sera bien agréable pour lui. Eh bien! Charles, que fais-tu ici?

CHARLES.

Papa, je viens aider Berthe à choisir. Oh! qu'ils sont gentils cette année!

Une vingtaine de petits agneaux couraient en effet dans la bergerie; ils étaient complétement blancs, sans une tache noire sur le nez, parce que la race de moutons qu'élevait M. Domassé, et qui s'appelle la race Dishley, est toute blanche. Il n'y avait qu'un petit agneau noir, enfant d'une brebis noire, qui avait l'air d'une tache d'encre au milieu du troupeau. Au bruit de l'entrée des enfants, les agneaux qui jouaient au milieu de la bergerie se séparèrent effrayés; les plus grands se mirent à galoper, les

5.

plus petits, encore un peu incertains sur leurs grosses jambes, bêlaient d'un air désespéré.

— Comme ils retrouvent bien leurs mères, et comme leurs mères les reconnaissent! s'écria Berthe.

CHARLES.

Comment sais-tu que ce sont leurs mères? Sauf la noire, elles sont toutes pareilles.

DELPHIN.

Oh! pour ça non, monsieur Charles, elles ne sont pas pareilles, pas plus que les hommes et les femmes; il n'y en a pas une qui ressemble à l'autre, et je vous assure bien que les agneaux ne s'y trompent pas. Quand une brebis est malade ou meurt, et qu'on veut donner son agneau à une autre, c'est toute une affaire.

BERTHE.

Ils ont bien raison! moi je ne voudrais pas changer de maman. Mais, Delphin, pourquoi ont-ils de si grosses pattes?

DELPHIN.

Parce qu'ils sont tout jeunes, mamzelle, comme les petits enfants ont de grosses têtes. Voulez-vous

le petit noir? Au moins, il ne ressemble pas aux
autres.

CHARLES.

Oui, prends le petit noir: il a l'air d'un luron, et
puis il ne nous donnera pas tant de peine à laver.

BERTHE.

Oh! le paresseux! Voilà papa qui revient, je vais
lui demander son avis. Papa, Delphin et Charles vou-
draient me faire prendre le petit noir. Qu'en dites-
vous?

M. DOMASSÉ.

Oh! Delphin trouve qu'il dépare son troupeau!
Prends le petit noir; je n'y ai pas d'objection

BERTHE.

Mais, est-ce le plus joli, papa?

M. DOMASSÉ.

C'est le plus rare, en tout cas. Allons, décide-toi.
Où sont tes nœuds? Justement ils sont rouges, cela
fera très-bien sur le noir.

BERTHE.

Oui, et je l'appellerai Ébène. Il n'est pourtant pas
de la même couleur que l'étagère de maman. Delphin, voulez-vous me le donner?

Ah! mamzelle, il faudrait bien le laisser quelque temps à sa mère pour teter. Il est trop petit; si on le sèvre, il va mourir.

BERTHE.

Je le laisserai, je le laisserai, je veux seulement lui mettre son collier.

A peine les enfants avaient-ils le dos tourné que Delphin reprit le petit agneau noir, et, détachant les rubans, les mit dans sa poche.

— Je les remettrai demain avant l'arrivée de mamzelle Berthe, se dit-il, mais la pauvre petite bête serait bientôt étranglée avec tous ces affiquets.

Pendant quatre ou cinq jours, Delphin vint à bout de remettre les rubans avant la visite journalière de Berthe; mais, un jeudi, les enfants, qui avaient un demi-congé, arrivèrent de bonne heure à la bergerie; l'agneau était encore en toilette du matin, sans collier ni bracelets.

— Où sont donc les rubans? s'écria Berthe en entrant, Delphin, qu'a-t-il fait de ses rubans?

— Ils sont encore dans ma poche, dit le berger, qui expliqua à la petite fille que l'agneau cherchait toujours à se débarrasser de ses ornements, et qu'il aurait pu se faire du mal. Du reste, d'ici à une dizaine de jours vous pourrez l'emporter, mamzelle, il n'aura plus besoin de teter que le soir et le matin, et je lui amènerai sa mère. Mais où allez-vous le loger?

BERTHE.

Dans l'écurie; papa me l'a permis, et je pourrai aller le voir bien plus souvent. Mais il me connaît déjà.

Delphin était un peu de cet avis-là, car le pauvre petit Ébène se réfugiait sous les râteliers dès qu'il apercevait les enfants, qui le tourmentaient à force de le caresser. Ce n'était pas un bon endroit pour se cacher; les enfants l'attrapaient facilement dans sa retraite et voulaient absolument lui faire manger du sucre, des gâteaux, des bonbons. Charles, plus savant que Berthe, lui apportait l'herbe qui commençait à pousser; mais le pauvre petit ne savait encore rien manger de tout cela.

— Donnez donc des bonbons à votre petit frère Joseph, et vous verrez ce qu'il en fera, disait le berger; les petits moutons sont comme les petits enfants, ils n'ont besoin que de lait.

L'agneau grandissait; il était établi dans l'écurie

et il connaissait enfin très-bien les deux enfants,
lorsqu'un matin on entendit des bêlements désolés.
Berthe accourut : un des chiens de chasse était entré
dans l'écurie et avait mangé à moitié la queue de
l'agneau. Il avait l'air si malade, et Berthe avait tant
de chagrin, qu'on le confia à Delphin pour le soigner ; et, quand il fut guéri, il resta avec le troupeau. Seulement, toutes les fois que Berthe rencontrait les moutons dans ses promenades, elle montrait
l'agneau noir en disant : — Voilà mon petit Ébène ;
je suis sûre qu'il me reconnaît bien.

— Elle n'était guère soigneuse, Berthe, dit Catherine, moi, j'aurais fermé la porte de l'écurie et j'aurais emporté la clef.

HENRI.

Cela aurait été bien commode pour le cocher !
Maman, pourquoi riez vous ?

MADAME DE LUSSAC.

Quand j'étais petite, j'ai eu une aventure toute
semblable à celle de Berthe ; seulement, comme j'a-
vais un mouton à grandes oreilles pendantes, c'était
une des oreilles de mon pauvre Snow que le chien

avait mangée. Comme mon père n'avait pas de troupeau, je crois bien qu'on l'a envoyé à la boucherie après cette catastrophe.

PAULINE.

Mais vous n'en avez rien su, n'est-ce pas, maman ?

MADAME DE LUSSAC.

Oh ! non, je n'aurais plus voulu manger de gigot. Françoise, tu peux faire le thé pendant que je vais coucher Gaston.

AVRIL

QUATRIÈME PROMENADE

aman, avez-vous des com-
missions pour la petite
ferme? dit Françoise en entrant
chez sa mère après le déjeuner, au
moment où celle-ci examinait des
paquets de robes et des montagnes de pantalons
d'été ; miss Bessie dit que nous pouvons aller cueillir
les primevères du petit bois : vous savez qu'il n'y en
a nulle part d'aussi belles ni d'aussi grandes.

MADAME DE LUSSAC.

Regarde un peu où en sont les couvées, et tu me
diras en rentrant si les œufs de dinde commencent
à être abondants.

FRANÇOISE.

Oui, maman; mais ne sortez-vous pas ce matin?
Est-ce que vous allez vous ensevelir sous ces habits?
Vous ne voulez pas que je reste pour vous aider?

MADAME DE LUSSAC.

Ton père a dit qu'il viendrait me chercher tout à
l'heure pour aller voir ses prairies de la vallée.

FRANÇOISE.

En voiture, alors?

MADAME DE LUSSAC.

Non, à cheval.

FRANÇOISE.

Adieu, alors, maman ; si vous sortez avec papa, je
suis tranquille. Je vous rendrai bon compte de vos
poulets.

MISS BESSIE, appelant.

Françoise! Françoise! tout le monde vous attend!

(On part.)

PAULINE.

Veux-tu prendre notre panier ? J'espère bien trouver assez de primevères pour en faire des balles pour Gaston. Nous ne l'emmenons pas ; il marche trop lentement.

CATHERINE.

Oh ! moi, je marche vite !

MISS BESSIE.

Pas toujours ; mais, aujourd'hui, il me semble que vous courez. Guillaume, on ne s'arrête pas pour essayer de monter à tous les arbres, surtout quand on ne peut pas dépasser la première branche. Enfants, ne faites pas de bruit ; regardez ce que je vois là, dans la haie.

PAULINE, bas.

Oh ! le joli nid ! C'est une fauvette.

FRANÇOISE.

Mais non, leur nid est dans le marais.

PAULINE.

Pas toujours : papa a dit qu'il y en avait aussi dans les haies. Regardez donc comme elle couvre bien ses œufs ! Non, ce ne sont pas des œufs, j'ai vu une petite tête. Ah ! qu'ils sont encore laids ! La mère a fait rentrer le petit.

HENRI.

Miss Bessie, puis-je emporter le nid?

MISS BESSIE.

Y pensez-vous, mon enfant? Et que deviendrait la pauvre mère? D'ailleurs les petits mourraient tout de suite. Quand nous étions enfants, en Angleterre, et que je vivais à la campagne, il y avait un oiseau, je ne sais pas lequel, qui couvait tous les ans dans le creux d'un arbre, près de la maison de mon père.

HENRI.

C'était peut-être un étourneau.

MISS BESSIE.

Peut-être; c'était un assez gros oiseau. La mère avait si bien pris l'habitude de nous voir surveiller son nid qu'elle n'avait plus peur de nous; elle ne bougeait pas quand nous approchions, et le mâle restait sur une branche sans penser à s'envoler; nous apportions même souvent à manger pour les petits.

FRANÇOISE.

J'essayerai, si les étourneaux qui étaient dans le creux du catalpa reviennent cette année.

CATHERINE, avec indignation.

Ils ne reviendront pas! Tu sais bien que l'année

dernière, ce méchant Désormais a cassé les œufs, tué deux petits qui étaient déjà éclos, et qu'il a bouché les trous avec du ciment. C'était si joli de les voir sortir de leur petite maison, pendant qu'on travaillait au pied du catalpa!

MISS BESSIE.

Regardez donc les mélèzes là-bas, dans le petit bois; comme ils deviennent jolis! je ne crois pas qu'il y ait un arbre d'un aussi beau vert que le mélèze au printemps.

FRANÇOISE.

C'est un peu trop clair; j'aime mieux le vert plus foncé; mais quels jolis petits boutons rouges! Pauline, cueillons-en; nous les enfilerons et nous ferons une couronne pour Gabrielle.

PAULINE.

Par-dessus son bonnet?

FRANÇOISE.

Non, nous la mettrons un moment nu-tête pour la faire voir à maman avec ses fleurs.

GUILLAUME.

Qu'est-ce que je vois donc là dans le ruisseau sous cette souche? C'est un canard; il a l'air d'être mort!

MISS BESSIE.

Pauvre bête! on l'aura blessé en tuant les autres,
et il sera venu mourir là.

HENRI.

Êtes-vous sùr qu'il soit mort? il y a bien peu de
temps alórs: ses plumes sont aussi brillantes que
pendant la vie.

PAULINE.

Bien sùr, il est mort. Crois-tu qu'il resterait aussi
tranquille avec le bruit que nous faisons, s'il était
vivant?

HENRI.

Alors, je vais le prendre pour le porter à maman.
Guillaume, aide-moi à poser cette planche. C'est ça!
Ah! bien oui, mort, votre canard!

CATHERINE.

Comme il vole! Mais pourquoi donc restait-il si
tranquille?

FRANÇOISE.

Pour nous faire croire qu'il était mort, et tu vois
qu'il y avait bien réussi.

HENRI.

Oh! moi, je ne l'avais pas cru. Les bêtes sont si

rusées! Un jour, en allant à la chasse avec papa, j'ai vu un lièvre qui s'était caché dans l'herbe; papa était à deux pas de lui, et le lièvre ne bougeait pas, dans l'espoir qu'on ne l'apercevrait pas.

GUILLAUME.

Et vous l'avez aperçu?

HENRI.

Finaud l'a bien forcé à se lever, et papa l'a tué.

CATHERINE.

Pauvre petit! Nous voilà aux Buissonnets. Miss Bessie, puis-je aller tout de suite dans le petit bois?

FRANÇOISE.

Moi, je vais voir les poules. Maman m'a donné des commissions pour madame Daune.

CATHERINE.

Oui, oui, et demande-lui des œufs, nous les ferons cuire pour notre goûter.

MISS BESSIE.

En les emportant vous feriez une omelette; avec les garçons c'est trop dangereux.

PAULINE.

Eh bien, demandons à madame Daune de les faire

cuire, nous les emporterons durs; il n'y aura pas de danger. Françoise, viens-tu à la couverie?

FRANÇOISE.

Madame Daune est allée chercher la clef. Regarde donc cette couvée de Bramah-Poutras, comme ils sont jolis! Attends que je les compte; il y en a seize! Maman avait peur de ne pas en avoir cette année, elle sera contente.

HENRI.

Moi, je ne me soucie pas de toutes ces belles poules qui ne sont pas bonnes à manger. Guillaume, viens-tu avec moi voir les poulains?

GUILLAUME.

Y en a-t-il un nouveau?

MADAME DAUNE.

Pour ça, oui, monsieur, et bien joli encore. Malheureusement il a une tache blanche sur le nez et une balsame à un pied.

GUILLAUME.

Une bal... balsate.... une balsame, qu'est-ce que cela veut dire?

HENRI.

Qu'il a une tache blanche au pied; j'ai entendu dire

cela à papa en parlant à un marchand de chevaux. Allons voir le poulain, le voilà; il me semble que je n'en ai jamais vu avec de si longues jambes; il sera très-grand.

MISS BESSIE.

Il faut l'appeler Don Quichotte; vous vous rappelez son portrait, avec ses grandes jambes et ses grands bras?

HENRI.

C'est cela, Don Quichotte! Papa a toujours tant de peine à trouver des noms pour ses chevaux! je lui proposerai celui-là, mais je dirai que c'est de votre invention.

MISS BESSIE.

Je ne tiens pas à cet honneur-là, mon cher enfant. Françoise, avez-vous fini? Mais pourquoi Catherine pleure-t-elle?

FRANÇOISE, vivement.

Elle a voulu aider un petit poulet à sortir de sa coquille et elle l'a tué. C'était un si beau poulet! Elle n'a pas voulu m'écouter; je lui disais bien qu'il ne fallait pas y toucher et que nous ne savions pas nous y prendre!

MISS BESSIE.

Allons, Catherine, ne pleurez plus et tâchez de re-

6

noncer, une fois pour toutes, à vous mêler de ce qui ne vous regarde pas. Vous auriez mieux fait de rester à cueillir vos primevères. Où est Pauline?

CATHERINE, à travers ses larmes.

Elle cueille une provision de petites primevères; celles qui sont si jaunes, vous savez bien, pour faire de la tisane aux pauvres gens. Oh! miss Bessie, je ne toucherai plus jamais aux poulets de maman. Cette pauvre petite bête qui ne pourra jamais courir!

GUILLAUME.

Va, on aurait toujours fini par le manger!

CATHERINE.

Mais il se serait amusé auparavant!

MISS BESSIE.

Tenez, Catherine, pour vous consoler, allez cueillir là-bas cette belle touffe de reine des prés; seulement faites attention de ne pas vous mouiller les pieds, je parie que c'est humide dans ce coin-là.

PAULINE, revenant.

Il fait toujours humide là où pousse la reine des prés. Cueille tout, Catherine, c'est une bien meilleure tisane que les primevères, et je n'en avais pas encore vu en fleur cette année.

GUILLAUME.

Qui est-ce qui veut savoir dans combien d'années nous nous marierons? Voilà deux têtes de chicorée sauvage; une, deux, trois, quatre : je me marierai dans quatre ans, je n'aurai que onze ans; c'est un peu jeune! Voyons pour toi, Françoise : une, deux, trois, quatre, cinq, six, sept, ça n'en finit pas! huit, neuf, dix, onze, douze.... douze et douze ça fait vingt-quatre; tu auras vingt-quatre ans quand tu te marieras!

CATHERINE.

Il n'y en a plus pour moi; ce sera pour un autre jour. Guillaume, viens donc! voilà encore des bourgeons de marronniers qui ne sont pas tout à fait ouverts. Mettons notre bouche dessus : vois-tu comme le petit génie qui est dans les feuilles nous embrasse fort? Il ne veut plus nous laisser aller.

GUILLAUME.

Non, ce sont des petites filles qui sont dans les arbres; papa m'a dit que les Grecs croyaient cela : quelle sottise! C'est seulement parce que les bourgeons de marronniers sont gluants, et nos lèvres se collent dessus. As-tu encore mon œuf dans ta poche, Catherine? Donne-le-moi : je le mangerai en apprenant ma leçon d'anglais pour demain.

CATHERINE.

Non, non ! tu ne saurais pas ton anglais, et miss Bessie te rendrait ton livre ; je te le donnerai à l'heure du goûter.

GUILLAUME.

Tu as peut-être raison, rentrons ; voilà les grands à la maison et on nous appelle. Donne-moi la main, nous allons courir. Il faut nous dépêcher, parce que miss Bessie a dit que maman serait fatiguée de sa course à cheval et que ce serait à elle de nous raconter ce soir une jolie histoire.

Madame de Lussac était en effet si fatiguée qu'elle s'étendit sur le canapé, auprès du feu, dès qu'on eut dîné. Elle avait fermé les yeux, et miss Bessie avait emmené les enfants auprès d'une table, à l'autre bout de la bibliothèque. Pauline et Catherine épluchaient leurs primevères et leurs reines des prés ; Françoise tricotait des chaussons pour Gabrielle.

— Voyons, miss Bessie, commencez, je vous en prie, disait Guillaume.

MISS BESSIE.

Eh bien ! quand j'étais chez madame d'Amirail, il est arrivé à Jacques et à Clémentine une aventure que je ne vous avais jamais racontée, pour éviter de vous effrayer inutilement ; mais j'ai vu Henri ce matin qui retournait des fagots dans le petit bois des Buissonnets, et je me suis souvenue de Jacques et de son accident.

HENRI.

Un accident? Vite! vite ! miss Bessie, je vous en supplie !

MISS BESSIE.

Écoutez donc. J'avais écrit cette histoire autrefois pour amuser Clémentine ; je n'ai eu qu'à la chercher aujourd'hui dans mon pupitre : vous verrez comme les enfants ont tort de ne pas écouter ceux qui en savent plus qu'eux.

LA VIPÈRE

— Oh! maman, maman! s'écriait Clémentine d'Amirail par une belle matinée du mois d'avril, regardez donc quel beau temps! Comme le ciel est bleu! Je crois vraiment qu'il n'y a pas un nuage, et le soleil est si chaud ! Qui est-ce qui dirait qu'il

6.

pleuvait si fort hier? Quel bonheur que ce soit jeudi! j'irai faire une grande promenade avec miss Bessie, n'est-ce pas, maman?

MADAME D'AMIRAIL.

Miss Bessie a la migraine, mon enfant; tu vas venir prendre tes leçons avec moi, et, si tu es sage, nous irons faire une grande promenade dans le bois. Ton père est dans la fosse aux Loups, où il fait éclaircir ses sapins.

CLÉMENTINE.

Éclaircir, c'est arracher, n'est-ce pas?

MADAME D'AMIRAIL.

Pas tout, seulement ce qu'il y a de trop. Les arbres s'étouffent quand ils sont trop serrés, et ils ne poussent pas.

CLÉMENTINE.

Oh! maman, j'espère que papa n'a pas laissé trop de devoirs à Léon et à Jacques; s'ils pouvaient venir avec nous ils seraient si contents! et nous rapporterions tous les sapins que papa fait arracher, pour les planter dans notre jardin.

MADAME D'AMIRAIL.

Ma pauvre petite! Sais-tu que ton père fait arracher quelque chose comme trois ou quatre mille arbres ?

CLÉMENTINE.

Alors, ce serait trop : notre jardin ne serait pas assez grand, et puis papa ne voudrait pas nous donner tout : qu'est-ce qu'il en fera, maman ?

MADAME D'AMIRAIL.

Il en replantera une partie dans les endroits vides, et puis nous brûlerons le reste en fagots.

CLÉMENTINE.

Ça fera de beaux fagots ! mais il y en a déjà tant dans le bois que je ne sais pas comment papa pourra les faire rentrer.

MADAME D'AMIRAIL.

Moi, je sais quelqu'un qui ne sortira pas si elle continue à bavarder. Miss Bessie t'a-t-elle indiqué ce que tu devais lire pour ton extrait ?

CLÉMENTINE.

Oui, maman ; j'en suis au moment où Brutus a tué César. Je n'aime pas beaucoup César, qui aurait bien pu laisser les Gaulois et les Bretons tranquilles chez eux ; mais je déteste Brutus : c'est affreux de tuer un homme qui vous aimait tant ! Oh ! si je le tenais !

MADAME D'AMIRAIL.

Je suis de ton avis ; il m'a toujours semblé que Brutus avait dû entendre pendant tout le reste de sa vie ce mot de César : « Et toi aussi, Brutus? » Mais, maintenant, mets-toi là et raconte la mort de César un peu clairement, sans oublier les raisons de la chose, comme tu fais en général.

CLÉMENTINE.

Oh! maman, c'est que les raisons sont si ennuyeuses! J'ai toujours envie de les sauter en lisant...

MADAME D'AMIRAIL.

Ce serait une jolie façon de comprendre l'histoire. Travaille, je vais voir ce que disent tes frères avec leur latin.

Le thème de Léon était assez correct, mais celui de Jacques avait dix-sept fautes, lorsque son père l'avait corrigé avant de sortir, et, au lieu de travailler à le refaire, Jacques dessinait des sapins et des ouvriers la pioche à la main, lorsque sa mère entra. Quelque rapidement qu'il eût saisi le dictionnaire, madame d'Amirail avait distingué entre ses feuillets quelque chose qui ne ressemblait pas à un devoir, et ses fils, qui redoutaient « ses yeux de gendarme, » comme disait M. d'Amirail, se regardèrent piteusement en lui voyant prendre le volume. Du premier coup, elle alla au papier gribouillé, le prit, le déchira, et, regardant Jacques, elle lui dit :

— Tes devoirs n'étaient pas assez mauvais ce matin, tu prends tes mesures pour qu'ils soient un peu plus mauvais demain?

JACQUES, balbutiant.

Maman, je... vous... assure...

MADAME D'AMIRAIL.

Viens travailler dans ma chambre, puisque tu as besoin d'être surveillé comme Clémentine. Léon, je puis compter sur toi, dépêche-toi; quand vous aurez fini, nous irons retrouver votre père à la Fosse aux Loups. Il dépend de toi d'y aller ou non, Jacques.

Jacques n'aimait rien tant que les ouvriers et les plantations. Son père, un peu blasé sur ce plaisir, disait souvent qu'il lui céderait la surveillance de ses travaux dès qu'il serait sûr qu'il ne dérangerait pas son monde au lieu de faire travailler.

Le petit garçon n'était pas incapable d'application; une fois installé dans la chambre de sa mère, à côté de Clémentine, qui écrivait le nom de César en grosses lettres, et celui de Brutus de sa plus fine écriture, pour indiquer combien elle le méprisait, il se mit si courageusement à l'œuvre que son devoir

fut fini, copié et prêt à subir l'inspection de M. d'A-
mirail au moment où Léon entrait de son côté dans
la chambre.

— J'ai regagné le temps perdu! s'écria Jacques en
lançant son dictionnaire sur la table, si fort que
Clémentine finit son extrait par un énorme pâté sur
le nom de Brutus.

— C'est égal, il restera là-dessous, se dit-elle d'un
air satisfait en fermant aussi son cahier.

MADAME D'AMIRAIL.

Jacques, si tu t'étais dépêché depuis le commencement cela n'aurait-il pas mieux valu? Tu aurais eu
le temps d'apprendre tes leçons, au lieu d'être obligé
de te remettre à l'ouvrage en rentrant.

JACQUES.

C'est vrai, maman, mais vous savez bien, moi, je
suis toujours en retard, et puis je me dépêche, je
me dépêche, et j'arrive tout comme Léon, qui court
dès le premier moment.

Léon sourit; il se souvenait des nombreux devoirs qu'il avait faits à moitié pour son frère, de
tous les mots qu'il cherchait pour lui dans le dictionnaire, et des désespoirs de Jacques quand la
pendule sonnait sans qu'il eût fini sa tâche, mais il

était trop bon pour rappeler à son frère ce désa-
gréable souvenir, et les deux garçons, prenant leurs
chapeaux, saisirent chacun Clémentine par une main,
et se mirent à courir à travers le parc, pour arriver
aux bois qui s'étendaient au-dessus et couvraient toute
la colline. La pente était roide; Clémentine était bien
petite, à tous moments elle trébuchait en traversant
un défrichement commencé et tout rempli encore de
souches et de tas de pierres. Jacques tombait aussi
quelquefois, mais il se relevait vite, et Léon, aussi
adroit que prudent, soutenait sa petite sœur quand
l'appui de la main de Jacques venait à lui manquer.
Madame d'Amirail suivait, par un sentier plus facile, son tricot à la main.

— Regarde donc maman, disait Léon tout en
grimpant, la voilà qui travaille encore; elle a fait
toute une chaussette aujourd'hui!

CLÉMENTINE.

Non, elle l'avait commencée hier au soir; mais
c'est que maman n'est jamais un moment sans rien
faire, et vous autres, garçons, vous usez tant de
chaussettes!

JACQUES.

Et puis maman tricote autant de bas pour les enfants de l'école que pour nous. Quelles piles elle en avait dans son armoire avant Noël!

CLÉMENTINE.

Oui, mais maintenant il n'y a plus rien. Voilà papa, je le vois! je le vois! Oh! quelle masse d'arbres verts arrachés!

LÉON.

Nous allons te faire une maison avec des fagots, et le toit sera en arbres verts; ce sera charmant, et nous prierons papa de faire rentrer ces fagots-là les derniers.

JACQUES.

Oui, oui, une maison! Deux étages!

LÉON.

Non, non; un rez-de-chaussée, c'est bien suffisant pour Clémentine, elle n'aurait pas d'escalier pour monter au premier.

Madame d'Amirail arrivait; elle examina les travaux, dit quelques mots à son mari, puis, s'asseyant sur une bourrée qu'il venait de placer pour elle au pied d'un chêne, elle dit à ses enfants :

— Qui est-ce qui me cueillera le plus gros bouquet de violettes?

CLÉMENTINE.

Moi, moi, maman; je vais en cueillir pour trois ; les garçons vont me faire une maison avec des fagots.

La petite fille s'était un peu éloignée pour chercher des fleurs, lorsqu'elle entendit la voix de son père :

— Léon et Jacques, laissez ces fagots, il peut y avoir des serpents dessous; c'est un mauvais moment.

Au même instant un cri aigu la fit courir du côté de ses frères. Léon, pâle comme la mort, venait de tuer d'un coup de bêche une grosse vipère, mais Jacques, assis par terre, la tête sur les genoux de son père, cherchait à ôter sa blouse. Madame d'Amirail accourut, et de ses mains tremblantes elle eut bientôt enlevé la blouse et relevé la manche de son fils.

— Elle m'a piqué là, au poignet, maman, dit-il.

M. d'Amirail fouilla dans sa poche : il en tira un petit étui et un petit bâton noir qu'il posa sur la piqûre.

7

— Cela me brûle, papa, dit Jacques au bout d'une
seconde.

M. D'AMIRAIL.

Je sais bien, mon enfant, mais il faut le supporter.
Le caustique de Vienne empêchera ton bras d'en-
fler.

— Maman, disait le pauvre enfant d'une voix étouffée, maman! Et madame d'Amirail, à genoux auprès
de son fils, soutenait son bras et le regardait ferme-
ment et tendrement.

— C'est fini, dit M. d'Amirail, en retirant le caustique, j'espère qu'il n'y a plus de danger.

Jacques, qui avait pâli et rougi tour à tour, releva
la tête.

— C'est fini, maman, dit-il en regardant sa mère,
puis, appuyant sa tête sur son épaule, il ne bougeait
plus.

M. d'Amirail prit son fils dans ses bras.

— Venez, ma chère, dit-il. Léon, cours en avant et
fais préparer le lit de ton frère. Apporte aussi dans
sa chambre la bouteille d'alcali que tu trouveras dans
mon cabinet.

Le bras de Jacques n'était pas enflé; quand
on arriva à la maison il ne souffrait presque

plus, mais il était bien fatigué et ébranlé. Clémentine, toute pâle, voulait rester dans sa chambre à le
garder.

— Non, ma fille, dit madame d'Amirail, va
jouer.

CLÉMENTINE, les larmes aux yeux.

Je ne peux pas jouer, maman.

Madame d'Amirail l'attira dans ses bras.

— Va faire dans ta chambre ce que je vais faire ici
avec Jacques, remercie Dieu, lui dit-elle à voix basse.
Il est fatigué, il ne faut pas qu'il ait du monde dans
sa chambre.

CLÉMENTINE.

Maman, je crois que Léon a déjà remercié le bon
Dieu; je l'ai vu tout à l'heure dans la bibliothèque, en
passant, il avait la tête appuyée contre un carreau
et il pleurait; maman, je n'avais jamais vu pleurer
Léon.

MADAME D'AMIRAIL.

Si tu avais bien regardé ton père tout à l'heure, tu
aurais vu qu'il avait les larmes aux yeux, mon enfant.
Va-t'en, et n'oublie pas la leçon que vous venez de
recevoir. Combien de fois vous avait-on dit de ne jamais déranger le bois au mois d'avril !

— Je ne l'oublierai pas cette fois, dit Jacques.

— J'aurais fait comme Léon, dit Henri qui n'avait pas quitté miss Bessie des yeux, j'aurais tué la vipère.

GUILLAUME.

Et tu aurais aussi remercié le bon Dieu comme lui. Quel bonheur que Jacques n'en soit pas mort; on meurt quelquefois des piqûres de vipère?

MADAME DE LUSSAC, de son canapé.

Pas quand on y porte remède tout de suite, mon garçon.

MISS BESSIE, rougissant.

Oh! madame, nous vous avons réveillée!

MADAME DE LUSSAC.

Non, non, je ne dormais pas, et j'aurais été bien fâchée de ne pas entendre votre histoire; j'espère que les garçons se le tiendront pour dit.

HENRI.

Oh! moi, je le savais déjà; je sais qu'on doit faire attention aux serpents au printemps.

MADAME DE LUSSAC, riant.

Moi, je sais bien que tu sais tout, mais alors
pourquoi dérangeais-tu les bourrées aux Buissonnets?

Henri baissa la tête et ne répondit pas.

MAI

—

CINQUIÈME PROMENADE

auline, il est temps de travailler dans notre jardin, si
nous voulons avoir quelque chose,
disait Françoise en s'habillant, par
une jolie matinée de mai, vers six
heures. Le ciel était encore tout pommelé, et le soleil brillant ne donnait pas beaucoup de chaleur.

PAULINE.

C'est vrai; mais vois-tu, dans ce moment-ci, je

trouve qu'on ne pense presque pas aux fleurs des
plantes, tant celles des arbres sont belles. Regarde
seulement les lilas et les aubépines!

FRANÇOISE.

Tout ce que tu voudras, mais si nous ne semons
pas nos fleurs, nous n'aurons rien pour nos bouquets au mois de juillet.

PAULINE.

Eh bien! travaillons un peu; aujourd'hui c'est
jeudi; nous n'aurons pas à travailler toute la journée
d'ailleurs. Miss Bessie a dit que si maman ne sortait
pas avec nous, nous irions faire une longue course.
Moi, j'aime mieux flâner avec maman, elle me montre
toujours quelque chose que je ne connais pas.

FRANÇOISE.

Et tout est si joli dans ce moment-ci!

MADAME DE LUSSAC, entrant.

Bonjour, mes filles; dépêchons-nous, il va faire si
beau qu'il faut nous débarrasser de nos leçons ce matin, pour nous promener sans remords dans la journée. Votre père m'a défiée de trouver dans les
champs, pour le moment, vingt espèces de fleurs différentes, et je suis décidée à lui rapporter aujourd'hui
un bouquet complet.

CATHERINE.

Oh! que ce sera amusant! maman, moi, je sais bien ce que je trouverai, mais il y a du chemin à faire; je crois que j'irai avec miss Bessie.

PAULINE, riant.

Oui, il faut nous diviser en deux troupes, les uns dans les bois, et les autres dans les champs; les plantes sont si différentes!

CATHERINE.

Moi, je vais demander aux garçons de venir avec nous.

PAULINE.

Aux leçons, aux leçons d'abord, dépêchons-nous.

Trois ou quatre fois, dans la matinée, madame de Lussac fut obligée de rappeler Catherine à l'ordre, parce qu'elle avait le nez en l'air et le regard distrait.

— Je compte les espèces de fleurs que je connais, maman, répondait toujours la petite fille.

A midi on courut dans le jardin; celui des enfants était abrité par un grand poirier, trop vieux pour porter beaucoup de fruits.

7.

— J'espère que j'ai bien fait ma part, mesdemoiselles, dit Henri en arrivant; tout est bêché et vous n'avez plus qu'à semer.

Vois-tu, Françoise, je voudrais semer les liserons grimpants au pied du pommier, ce serait un appui tout trouvé.

C'est cela, et faisons un massif de mauves roses et blanches, avec une bordure de belles-de-jour.

Voilà les graines de sorgho que le jardinier m'a données, où faut-il les mettre?

Attends; je vais faire les trous, tu jetteras les graines dedans. Cinq ou six, pas davantage; nous entremêlerons les amaranthes avec le sorgho.

Tu ne sais pas, miss Bessie m'a dit qu'en Angleterre on appelait les amaranthes *les plumes du Prince de Galles*. Quel drôle de nom! Est-ce qu'il met des amaranthes sur son chapeau?

PAULINE.

Je ne crois pas, ce serait un peu lourd. Ne marche pas sur l'endroit semé. Françoise, as-tu fini? Maman nous attend.

MADAME DE LUSSAC.

Allons, mes enfants, partons; miss Bessie est déjà en route, elle n'attendait que Catherine et je viens de la voir passer. Écoute, Gaston, tu cueilleras toutes les fleurs que tu trouveras et tu me les apporteras.

PAULINE.

Maman, il les gâtera toutes, elles ne pourront servir à rien.

MADAME DE LUSSAC.

C'est probable, mais il s'amusera et nous pourrons poursuivre à notre aise nos graves recherches.

FRANÇOISE.

Maman, ne riez pas, c'est vous que papa a défiée; il y va de votre honneur de trouver trente fleurs différentes au lieu de vingt.

PAULINE.

D'abord, voilà déjà une touffe de violettes et un petit bouquet d'anémones.

GASTON.

Maman, les marguerites peuvent-elles servir?

MADAME DE LUSSAC.

Oui, mon chéri; donne-moi ton bouquet.

FRANÇOISE.

Regardez, maman, quelles jolies *ne-m'oubliez-pas*, et je cueille aussi des reines des prés, puisqu'il ne faut rien négliger.

MADAME DE LUSSAC.

Oh! la belle véronique bleue! j'ai envie de la mettre entre les pages de mon portefeuille. Elle sera plus jolie séchée que flétrie.

PAULINE.

Je vais tenir votre panier, maman; tenez, j'y ai mis un coquelicot, c'est le premier que j'aie vu cette année. Oh! maman, maman, voilà les orchis qui commencent; les diverses espèces compteront-elles?

MADAME DE LUSSAC.

Si nous sommes très-pauvres; mais je compte bien venir à bout de mon affaire sans cela. Regarde donc, sur cette haie; cueille-moi deux brins d'aubépine: je ne touche ni à la rose, ni à la rouge, mais la blanche est une fleur des champs, s'il en fut jamais.

PAULINE.

Maman, regardez ce petit oiseau, c'est un roitelet, je crois. Voyez, c'est une mère, elle a tous ses petits après elle, ils ont l'air de petites balles de plumes. Quel bonheur que les garçons ne soient pas là, ils leur auraient fait peur !

FRANÇOISE.

Maman, si nous allions jusqu'à la petite mare, au bout du champ, peut-être y aura-t-il des nénuphars, l'année dernière j'en ai cueilli un.

MADAME DE LUSSAC.

Ce serait une belle fleur dans notre couronne ; allons jusque-là, je veux bien, mais regardez à droite et à gauche tout le long du chemin, pour ne rien laisser passer !

GASTON, accourant.

Quelle drôle de fleur ! C'est comme une grosse mouche !

FRANÇOISE.

L'orchis abeille ! Je n'aurais jamais cru que ce fût le petit qui eût l'esprit de le trouver.

MADAME DE LUSSAC.

Vous voyez bien que toutes ses fleurs ne sont pas

bonnes à jeter; donne-moi cela, mon garçon. Cueille-moi cette plante de boutons d'or, Pauline.

FRANÇOISE.

On ne dira pas, maman, que vous laissez passer les plus ordinaires.

MADAME DE LUSSAC.

Il me faut mon compte, et mieux que mon compte, si je puis. As-tu ton couteau? Coupe-moi une branche de genêt et une d'ajonc; ne te pique pas les doigts, si tu peux.

PAULINE.

On a bien raison de dire, en Angleterre : « Quand l'ajonc n'est pas en fleur, ce n'est plus la mode de s'embrasser. » Ici on s'embrasse toute l'année et l'ajonc est toujours en fleur. Comme ça sent bon! comme un abricot. L'année dernière, j'en ai cueilli sous la neige; les petits boutons paraissaient comme de l'or, partout où elle fondait.

FRANÇOISE, qui a couru en avant.

Maman, il y a deux nénuphars ouverts, un blanc et un jaune. Seulement, ils sont bien loin du bord, je ne sais pas comment nous allons faire pour les atteindre.

MADAME DE LUSSAC.

Cherchez dans la haie une longue branche avec un crochet et coupez-la ; nous tâcherons d'amener la fleur à nous. C'est dommage de les déranger, regardez comme cette fleur blanche a l'air tranquille et pur sur ses grandes feuilles !

PAULINE.

Oui, oui, mais il nous faut un échantillon de toutes les fleurs de mai. Voilà le bâton ; j'essaye la première. Ah ! je ne puis seulement pas les toucher. A toi, Françoise ; fais attention, tu vas tomber dans l'eau.

MADAME DE LUSSAC.

Otez-vous de là, mes filles, je vais tâcher de l'avoir. Tiens, Françoise, coupe la fleur maintenant. Voilà la blanche, faut-il prendre la jaune ?

PAULINE.

Oui, maman, elle est plus près, elle ne vous donnera pas tant de peine... Ah ! qu'elles sont jolies ! Seulement, à quatre heures, quand nous rentrerons, elles seront fermées.

MADAME DE LUSSAC.

Elles se rouvriront demain matin. Asseyons-nous là un peu ; je suis fatiguée de mes efforts pour accro-

cher cette fleur. Regardez donc cette grande demoiselle qui rase l'eau, comme ses ailes vertes sont brillantes!

PAULINE.

Elle a un corsage bleu comme une dame, mais
j'aime mieux tous ces petits insectes qui courent l'un
après l'autre. Volent-ils ou nagent-ils, maman? ils
vont si vite à fleur d'eau que je ne puis pas distinguer
leurs mouvements.

FRANÇOISE.

Ils volent, bien sûr, mais je ne sais pas où sont
leurs ailes, ils ont l'air de remuer seulement leurs
pattes comme s'ils glissaient sur l'eau. Ah! voilà le
coucou, il ne chante que depuis deux ou trois jours.

GASTON.

Je n'aime pas les coucous.

MADAME DE LUSSAC.

Pourquoi donc, mon garçon? Leur petit cri est
pourtant bien gentil.

GASTON.

Oui, mais ils entrent dans les nids des autres
oiseaux pour y mettre leurs œufs, et ils ne se donnent
pas la peine de construire des maisons eux-mêmes,

et quand le petit coucou est né, il pousse ses petits frères pour les faire tomber du nid; c'est très-méchant ça.

MADAME DE LUSSAC.

On raconte toutes ces mauvaises actions du coucou sans en être bien sûr; mais, dis-moi, Gaston, est-ce que les petits enfants ne se poussent jamais?

GASTON.

Oh! si, maman, mais nous ne voulons pas nous mettre à la porte de la maison.

FRANÇOISE, qui a compté les fleurs.

Maman, nous n'avons encore que douze fleurs d'espèces différentes.

PAULINE.

Treize, voilà une plante de renoncule jaune; elles ne sont jamais si belles que le pied dans l'eau.

MADAME DE LUSSAC.

En revenant par le pré d'en bas, nous trouverons des narcisses. Gaston, va me cueillir cette touffe de primevères que je vois là-bas.

FRANÇOISE.

Si nous trouvons les narcisses, ça fera quinze. Seize, j'aperçois des fleurs de fraisier.

MADAME DE LUSSAC.

Je veux mon compte, et je n'ai pas grande idée des ressources que nous fournira l'expédition des bois. Ah! voilà du mélilot et du mouron rouge dans l'herbe.

PAULINE.

Et du caillelait blanc et jaune, maman, et du trèfle blanc et rose, et des fleurs de minette qui commencent. Nous avons vingt fleurs, et l'espérance des narcisses.

FRANÇOISE.

Voilà une aigremoine ; comme elle est jolie! chaque petite fleur a l'air d'une petite brosse jaune. Maman, pourquoi y a-t-il tant de fleurs jaunes?

MADAME DE LUSSAC.

Tu m'en demandes plus que je n'en sais; probablement parce que le bon Dieu l'a voulu ainsi. Mais, ce qu'on a remarqué, c'est que partout où il y a une variété jaune, il n'y a pas de variété bleue.

FRANÇOISE.

C'est vrai, il n'y pas de rose bleue, il n'y a pas de dahlia bleu, et il n'y a pas non plus de sauge jaune, ni de *ne-m'oubliez-pas* jaunes, il y a bien peu de fleurs bleues, et elles sont si jolies !

MADAME DE LUSSAC.

Un instant, ne passons pas à côté des trésors. Casse-moi une petite branche des fleurs roses de ce pommier. Attendez, je vais tâcher d'atteindre au poirier; si j'avais un de mes garçons, la branche serait plus belle; mais enfin, nous avons toujours vingt-trois fleurs différentes.

PAULINE.

Et voilà les narcisses, maman. Comme ils sentent bon! Seulement nos paniers sont trop pleins pour en cueillir beaucoup. Quel drôle de bouquet nous avons là, maman!

CATHERINE, accourant dans le pré.

Qu'est-ce que vous avez? Combien avez vous de fleurs? Nous avons seize espèces de plantes!

PAULINE.

Et nous vingt-quatre, mais il y en a probablement beaucoup de pareilles; voyons, voyons. Ah! vous avez été dans le marais, voilà des iris et des fleurs de roseau; ah! des jacinthes, comme elles sont jolies! celles que nous avons transplantées n'ont pas encore fleuri; et des sceaux-de-Salomon! Qu'est-ce que cette petite fleur verte?

MISS BESSIE.

Je ne sais pas, la feuille et la disposition de la fleur ressemblent un peu à un petit rhododendron.

FRANÇOISE, regardant dans le panier.

Du tithymale! j'espère que vous n'avez pas d'ampoules! des orties blanches, et du muguet! maman! du muguet! où donc en avez-vous trouvé déjà?

HENRI.

Dans l'endroit où on a coupé le bois cette année ; les plantes ont eu de l'air, et ont fleuri plus tôt.

PAULINE.

Cela fait huit plantes que nous n'avons pas. Bravo! bravo! trente-deux! trente-deux! Qu'est-ce que vous aviez parié, maman?

MADAME DE LUSSAC.

Rien du tout, mon honneur ; rentrons maintenant, je n'en puis plus, et allons accabler votre père sous le poids de nos bouquets. Mon petit Gaston, donne-moi la main, tu ne peux plus marcher.

GASTON.

Oh! si, maman, je marche très-bien, je veux porter le panier.

FRANÇOISE.

Tu ne peux pas. Savez-vous, maman, ce qu'il faut demander à papa, puisqu'il a perdu? Il faut qu'il nous raconte une histoire ce soir.

CATHERINE.

Oui, oui, une histoire, une histoire!

MADAME DE LUSSAC.

Mais c'est pour votre plaisir et non pour le mien ce que vous demandez là!

PAULINE.

Oh! maman! vous êtes toujours contente quand nous nous amusons.

GASTON.

Et puis nous avons aidé à cueillir les fleurs.

MADAME DE LUSSAC.

C'est vrai, allons voir si nous trouvons votre père.

Le soir, M. de Lussac était un peu fatigué, mais il était si honteux de n'avoir pas mieux connu les trésors des champs et des bois, qu'il était décidé à satisfaire ses enfants pour payer son pari. On était

bien content, papa ne racontait pas souvent des histoires et elles étaient toujours si jolies !

— Qu'allez-vous nous raconter, papa? demandait
Catherine.

M. DE LUSSAC.

Je ne sais pas trop... Attendez, attendez, puisque
nous sommes au mois de mai, ce que vous m'avez
assez prouvé aujourd'hui, je vais vous dire ce que
j'ai entendu raconter à ma sœur sur une petite
reine de mai.

FRANÇOISE.

Ma tante Aubret, papa?

M. DE LUSSAC.

Oui, vous savez qu'à la Bretonnière on a conservé
toutes les vieilles coutumes. Voilà l'histoire ; c'était
dans le temps où Anna avait dix ou douze ans.

LA REINE DE MAI

Maman, vous ne savez pas, c'est Artémise Luçon cette année qui doit être reine de mai, criait votre cousin Camille en apercevant sa mère au bout du corridor, et on est venu demander à Jeanne de prêter des rubans pour l'habiller.

MADAME AUBRET.

Au moins cette année on a bien choisi : Artémise est peut-être la plus jolie petite fille de l'école, et bien certainement la plus sage pour son âge, et puis sa mère n'est pas riche, en sorte qu'on ne pourra pas la faire trop belle, ce qui ne vaut rien à la reine ni à ses compagnes.

JEANNE.

Maman... Anna et moi nous aurions quelque chose à vous demander!

MADAME AUBRET.

Quoi donc, fillettes?

JEANNE.

Ma bonne nous a raconté que la mère Luçon avait refusé deux fois de permettre à Artémise d'être reine de mai, parce qu'elle n'avait pas de robe à lui mettre, mais Artémise a tant pleuré, elle a tant dit que cela lui était égal, et qu'elle aimerait mieux mettre sa vieille robe, pourvu qu'elle pût être reine de mai et s'asseoir sous le buisson d'aubépine, que sa mère a fini par consentir, et nous... nous...

ANNA.

Et nous voudrions lui donner une robe.

CAMILLE.

Je donne mes trois francs, d'abord.

ANNA.

Moi j'ai quatre francs, et Jeanne trois francs cinquante centimes.

MADAME AUBRET.

Je croyais que vous vouliez acheter un évangile neuf?

JEANNE.

Oh! maman, les vieux peuvent servir, ils ne sont

pas du tout déchirés, et le bon Dieu ne s'inquiète pas de la reliure pourvu que nous lisions dedans.

ANNA.

Et Artémise serait si contente! Je vous en prie, maman! Nous avons assez d'argent, n'est-ce pas?

MADAME AUBRET.

Vous en auriez trop s'il ne s'agissait que de la robe, mais il lui faudra un bonnet et un petit tablier. Camille, tu pourras lui donner cette paire de souliers que je t'ai dit de laisser de côté parce qu'ils étaient trop petits; je me charge de faire un petit fichu. Mais si vous voulez donner une robe, il faut la faire, mes chères filles; je ne veux ni donner le temps de votre bonne ni prendre une ouvrière. Je taillerai la robe et vous la coudrez.

ANNA.

Oh! oui, maman, et nous nous donnerons bien de la peine; ce qui m'embarrassera le plus, ce sera de rucher le bonnet.

MADAME AUBRET.

Nous verrons; peut-être pourrai-je me charger de cela. Nous allons descendre au bourg pour choisir la robe, il n'y a pas de temps à perdre avec des cou-

8

tourières aussi inexepérimentées. En passant nous préviendrons madame Luçon.

ANNA ET JEANNE.

Oh! maman, nous voulions lui faire une surprise!

MADAME AUBRET.

Et nous laisserions cette pauvre femme se fatiguer, peut-être, à arranger, à blanchir les habits de sa fille? Il vaut infiniment mieux lui mettre tout de suite l'esprit en repos.

ANNA.

Vous avez raison, comme toujours, maman. Allons mettre nos chapeaux.

On prit le chemin du bourg, en descendant le long d'un petit sentier creux et bordé d'arbres des deux côtés. On était à la fin d'avril, et le ruisseau était encore en possession du sentier, les caoutchoucs se détachaient quelquefois, et Camille, toujours occupé à regarder si les fraisiers étaient en fleur sur les pentes de gazon, tomba deux fois dans l'eau. Heureusement que la dernière chute eut lieu presque à la porte de madame Luçon. La brave femme accourut au bruit, et pria madame Aubret d'entrer pour faire sécher les souliers de son fils.

— Oh! ce n'est pas grand'chose, dit madame Aubret, mais nous venions précisément vous voir, madame Luçon.

MADAME LUÇON.

C'est bien de l'honneur que vous me faites, madame, et justement le logis est tout sens dessus
dessous. Madame sait peut-être que les jeunesses
veulent absolument mon Artémise pour reine de
mai. Ça n'a que huit ans, ça ne songe qu'à rire, et
elle a tant pleuré quand j'ai dit *non*, que j'ai fini par
dire *oui*. Ça fait que j'étais à chercher, dans les hardes
de défunt ma mère, pour voir si je ne trouverais
pas quelque affaire pour lui fabriquer une jupe;
mais c'est que les dessins sont d'une grandeur! et
ce n'est plus la mode.

MADAME AUBRET.

Eh bien! ma bonne madame Luçon, gardez les
affaires de votre mère pour une autre fois. Voilà un
petit garçon et deux petites filles qui vous demandent
la permission de donner à Artémise sa toilette de
reine de mai. Vous ne refuserez pas ce qui leur fait
si grand plaisir?

ANNA ET JEANNE.

N'est-ce pas, madame Luçon? c'est avec notre argent, et nous devons faire la robe.

MADAME LUÇON.

Vous êtes trop bonnes, mes petites demoiselles, vous êtes trop bon, M. Camille, mais mon Artémise sera toute honteuse avec ses beaux habits; elle n'a jamais rien eu de neuf jusqu'à présent, ce sera trop joli pour elle.

MADAME AUBRET.

Non, non, soyez tranquille; les enfants n'ont pas assez d'argent pour acheter rien de bien magnifique. Nous allons de ce pas au bourg faire nos emplettes. N'en dites rien à Artémise.

MADAME LUÇON.

Oh! elle est déjà bien assez folle! Elle ne pense qu'aux bouquets et aux guirlandes, et la nuit elle en parle tout haut! Elle ne ferait plus rien à l'école ces huit jours-ci, si elle savait seulement qu'elle aura un fichu neuf. Encore une fois merci, madame.

Et la mère Luçon, radieuse, restait à la porte de son pré en regardant madame Aubret et ses enfants descendre le petit chemin.

— En voilà-t-il des bonnes gens! dit-elle en rentrant chez elle, ils s'occupent de tout, même de faire plaisir aux enfants!

Et la mère Luçon était au moins aussi contente qu'Artémise put l'être la semaine suivante.

Heureusement M. Fournet, le marchand du bourg, venait de faire ses emplettes d'indiennes; entre une pile de bonnets de coton et une montagne de sabots se trouvaient, sur une caisse de savon, à côté de deux paquets de chandelles, trois ou quatre pièces de cotonnade que madame Aubret demanda à voir. On choisit un petit dessin lilas, et, comme Artémise n'était pas grande et ne portait pas ses robes bien longues, on eut la robe avec la doublure du corsage pour six francs. On acheta un morceau d'orléans noir pour faire un tablier, de la mousseline à pois et du tulle pour le bonnet, et il restait encore dix sous.

— Achetons cinquante centimes de ruban blanc pour faire un nœud de côté au bonnet, dit Anne.

JEANNE.

Et les brides?

ANNA.

Nous les ferons en mousseline ourlée.

Pendant que les petites filles discutaient l'emploi de leur fortune sous la direction de leur mère, Ca-

8.

mille, qui avait remis ses trois francs à Anna, regardait de tous ses yeux une provision de couteaux à cinq sous, tous enfilés par un anneau, placé au bout du manche, à une ficelle accrochée dans un coin de la petite boutique.

— Voulez-vous les voir, monsieur Camille? dit la marchande. Ils coupent très-bien.

CAMILLE, résolûment.

Non, madame Fournet, merci bien, je n'ai pas d'argent.

Mais, en se retirant pour fuir la tentation, Camille, qui regardait toujours les couteaux, heurta la pile de sabots, qui s'écroula à grand bruit. Le petit garçon se crut d'abord mort, puis, se remettant de son effroi, il s'élança tout honteux hors de la boutique et descendit au galop la grande rue du bourg. Madame Aubret fit ses excuses à la marchande, pendant qu'Anna et Jeanne aidaient celle-ci à relever les sabots; on rattrapa Camille et on reprit le chemin de la Bretonnière.

Pendant huit jours Anna et Jeanne perdirent le boire et le manger dans leur ardeur de couture. Elles se levaient de grand matin pour travailler dans leur chambre avant le moment des leçons. Cette heure de travail matinal ne leur réussissait pas toujours;

elles avaient beau demander la veille au soir des instructions à leur mère et saisir leur bonne au passage, le matin, pour implorer ses conseils, il fallait souvent défaire tout ce qu'on avait fait.

Cependant, le 29 avril, la robe et le tablier étaient finis; madame Aubret avait promis de faire le bonnet dans la soirée; Camille avait voulu cirer lui-même les souliers, puisque c'était tout ce qu'il pouvait faire, en sorte qu'il y avait de petits endroits très-brillants au milieu d'une nuance généralement un peu mate. Mais Camille était très-content de son ouvrage, et ses sœurs, assez taquines d'ordinaire, ne le détrompaient pas, tant sa bonne volonté les avait amusées.

Le 30 avril, à midi, les enfants étaient chargés de leurs paquets, enveloppés dans des serviettes. Anna portait la robe, Jeanne, le bonnet, le tablier et le fichu. Camille tenait à la main ses souliers, qu'il n'avait pas voulu envelopper, en sorte qu'il avait l'air d'un savetier, à ce que disait sa mère.

C'était un jeudi; Artémise était à la maison lorsqu'on y arriva. A peine les enfants l'aperçurent-ils qu'ils s'élancèrent vers elle, puis, une fois devant la petite fille, ils s'arrêtèrent, se regardèrent, et, tout intimidés du plaisir qu'ils allaient faire, ils lui tendirent leurs paquets sans rien dire. Artémise, plus interdite encore, les regardait sans rien comprendre, et n'osait pas dénouer les serviettes.

— Qu'est-ce que vous voulez que je fasse de ces souliers, monsieur Camille? finit-elle par dire.

CAMILLE.

Que tu les mettes demain pour être reine de mai; ils étaient à moi, mais maintenant ils sont trop petits.

ANNA ET JEANNE.

Et voilà une robe et un tablier que nous avons achetés de notre argent à nous trois; nous les avons faits nous-mêmes; maman a fait le bonnet et le fichu parce que nous étions trop pressées.

CAMILLE.

Et d'ailleurs vous n'auriez pas su les faire.

Artémise ne disait rien; elle ouvrait de grands yeux et restait immobile; enfin, prenant sa course sans dire un mot aux enfants, elle s'élança dans la maison, alla jeter tous ses paquets sur les genoux de sa mère, puis fondit en larmes. Les enfants ne demandaient pas mieux que de ne pas être remerciés; ils se sauvèrent dans le jardin avec Artémise, tout honteux des belles phrases que leur adressait la mère Luçon.

— Dis-nous donc qui fait la civière cette année?
demanda Jeanne.

ARTÉMISE.

Oh! c'est la mère Favet; vous savez bien comme
elle est habile; c'est un grand bosquet en aubépine
blanche et rose, et votre maman a envoyé ce matin
un gros bouquet de son aubépine rouge double; on
l'a mis dans l'eau, et cette nuit la mère Favet at-
tachera toutes les guirlandes.

CAMILLE.

Elle ne se couchera pas?

ARTÉMISE.

Elle dit que non, mais je crois qu'elle dormira bien
un peu tout de même.

ANNA.

Et tu seras assise sous le bosquet comme Émélina
l'année dernière?

ARTÉMISE.

Oui, mamzelle, mais on a dit que cette année on
prendrait quatre hommes; mon père, mon oncle et
deux autres, pour porter la civière, parce que c'est
décidément trop lourd pour les filles, même quand
on en met huit.

JEANNE.

Tu ne sais pas, maman a dit que, puisqu'il faisait si beau et si chaud cette année, on mettrait la table dehors sur la terrasse, et on a fait accrocher la balançoire qu'on avait rentrée cet hiver. Comme nous nous am serons!

ARTÉMISE, tout bas.

Et moi, avec ma belle robe, je m'amuserai mieux que tout le monde. Ah! si vous saviez, le beau bouquet...

Heureusement pour la discrétion d'Artémise, madame Aubret appelait ses enfants.

— Venez, mes filles, disait-elle; nous avons encore bien des arrangements à faire pour demain.

Et Arthémise put enfin admirer à son aise sa robe et son bonnet, son tablier et son fichu. Le présent de Camille intéressait surtout la mère Luçon.

Le lendemain, à une heure, la table était dressée sur la terrasse, une quantité de gâteaux, de morceaux de brioche et de bouteilles de cidre la couvraient : la balançoire, des cerceaux, des balles, des toupies attendaient les joueurs. On entendit des coups de pistolet, puis un violon.

Artemise sous son bosquet.

— Les voilà ! s'écrièrent les enfants qui depuis une heure étaient postés à la fenêtre d'une mansarde, comme ma sœur Anne, sans rien voir venir.

Les sons du violon devenaient plus nets, les enfants s'élançaient dans la cour, et ils aperçurent un immense bouquet d'aubépine rose et blanche qui débouchait au tournant de la route. Toutes les petites filles du bourg marchaient à côté.

— Voilà Artémise ! sa robe lui va très-bien ! s'écrièrent les deux petites filles.

— Oh! le beau bouquet! dit Camille.

En effet, dès que la procession tout entière fut entrée dans la cour, on déposa devant madame Aubret le buisson de fleurs qui contenait la petite reine de mai ; son père la prit dans ses bras, et s'avançant vers Anna et Jeanne toutes confuses, elle leur offrit un superbe bouquet de narcisses et d'anémones doubles en disant d'une petite voix perçante.

— J'ai été ce matin de jardin en jardin, je n'ai trouvé ni rose ni jasmin ; j'ai été chez le maître des fleurs qui m'a dit que la plus belle fleur était celle de votre cœur ; mais celle que Dieu nous donnera durera éternellement.

— Merci bien, Artémise, dirent les deux petites

filles en l'embrassant. Le bouquet est bien beau, est-ce toi qui l'as fait?

ARTÉMISE.

Non, mamzelle, c'est Émélina, c'est toujours la reine de l'année passée; moi je ferai celui de l'année prochaine, et il ne sera pas le moins joli, j'espère.

— Merci bien, Émélina, dit Anna pendant que Jeanne prenait la main d'Artémise pour emmener tout le monde dans le jardin.

Camille se chargea des garçons, qui étaient venus en troupe avec le maître d'école; bien que ce ne fût pas précisément leur jour de fête, madame Aubret invitait tout le monde.

Au commencement du goûter, personne ne parlait, on était trop intimidé, on se contentait de manger; mais au bout d'une demi-heure, à force de voir passer du fromage à la crème, des gâteaux et des pommes, on commença à s'égayer. Les plus hardis parmi les garçons s'élancèrent vers la balançoire, deux ou trois tombèrent, mais sans se faire de mal; lorsque Camille eut donné une leçon, tout le monde voulut lutter à qui irait le plus haut. Puis M. Aubret organisa une partie de barre, et deux parties de

balle en long, pendant que les filles se balançaient
et jouaient au cerceau. A cinq heures, il commençait
à faire frais, le maître d'école reforma son régiment
de garçons, Artémise remonta sous son bosquet,
toute rouge à force d'avoir couru, un peu honteuse
et toute fière de passer dans son char de triomphe
devant M. et madame Aubret. Les petites filles l'en-
tourèrent et la procession reprit le chemin du bourg,
pendant que Camille s'éventait avec son mouchoir
et qu'Anna et Jeanne remplissaient les vases du salon avec les fleurs du beau bouquet d'Émélina.

— Merci, papa, s'écrièrent à la fois Françoise et
Pauline; quel dommage que ce ne soit pas la mode
ici d'avoir une reine de mai !

CATHERINE.

Peut-être pourrait-on leur apprendre. Adrienne
Grandval serait une si jolie petite reine!

M. DE LUSSAC.

Ces choses-là ne s'enseignent pas, mes enfants, et
presque partout on perd l'habitude des fêtes de village, ce qui n'empêche pas les enfants de l'école de
venir goûter ici de bien bon cœur pour vos anniver-
saires.

9

FRANÇOISE.

Et, au moment de la première communion, maman donne tant de robes !

PAULINE.

Oui, mais nous n'avons jamais habillé personne des pieds à la tête ; si nous demandions à maman la permission de donner à Adrienne sa toilette !

HENRI.

Allons donc, ils ont de l'argent ceux-là ; prenez au moins une petite fille qui n'ait pas d'autre chance d'avoir une robe.

MADAME DE LUSSAC.

Tu as raison, mon garçon ; mais pour le moment, comme, entre les présents d'anniversaire et le manteau du vieux père Calot, vous n'avez pas le sou, je vous conseille à tous d'attendre que votre bourse soit un peu mieux garnie.

CATHERINE.

Il faudra bien, puisque vous ne nous faites jamais d'avances, maman.

MADAME DE LUSSAC.

Non, non, faites des économies, mais point de dettes. Il est neuf heures, je crois; allons, mes petits, il faut nous coucher. Françoise, Henri et Pauline, dépêchez-vous d'apprendre vos leçons pour en faire bientôt autant.

JUIN

—

SIXIÈME PROMENADE

A h! c'est ennuyeux, on ne peut plus traverser le pré! disait Henri, que son père envoyait faire une commission chez le menuisier. Guillaume, puisqu'il faut faire un si grand détour, veux-tu venir avec moi pour me tenir compagnie?

GUILLAUME.

Je veux bien; j'étais seulement occupé à faire un nid.

HENRI.

Qu'est-ce que tu veux faire de ce nid? Il ressemble à une assiette à soupe.

GUILLAUME.

Oh! c'est que je n'ai pas encore pu le creuser assez; c'est pour mettre des petites alouettes, si je peux attraper une nichée.

HENRI.

D'abord, maman ne te permettra pas de prendre les petits, tu le sais bien, et puis comptes-tu courir dans le blé après l'alouette? Quand une alouette peut se douter qu'on approche de son nid, quelque élevée qu'elle puisse être dans les airs, elle redescend aussi vite que si on lui avait tiré un coup de fusil; elle tombe dans le blé, bien loin de son nid, pour qu'on ne sache pas où elle est, et je pense qu'ensuite elle court vite, vite, trouver sa petite femme qui est restée à la maison pour couver les œufs.

GUILLAUME.

Je n'ai jamais entendu une alouette ni aucun autre oiseau chanter en couvant.

HENRI.

Papa m'a dit que les petites femelles ne chantaient

presque jamais, mais tu les as bien entendues bavarder à leurs petits ; il me semble toujours que c'est
maman qui parle à Gabrielle.

GUILLAUME.

Eh bien ! moi, j'aurais voulu avoir un nid d'alouettes ou de râles, rien que pour les élever; et, quand
on fauchera, je dirai aux hommes de faire bien attention aux nids; je verrai si je ne puis pas trouver
des petits que leur mère ait abandonnés.

HENRI.

Tu ne les élèveras pas; j'ai essayé bien des fois
et je n'ai jamais pu leur faire passer le troisième ou
le quatrième jour. Les pauvres petites bêtes ont toujours froid, et puis elles ne sont pas faites pour être
dans des cages. Essaye des chardonnerets ou des serins du pays, cela réussit quelquefois.

GUILLAUME.

Il faudrait les dénicher, et maman ne le permet-
trait pas. D'ailleurs, je ne voudrais pas faire de chagrin aux petites mères. Papa m'a dit qu'il avait vu,
autrefois, pas dans ce pays-ci, des vanneaux qui
criaient, qui traînaient l'aile, qui avaient l'air bien
malade, et qui se faisaient suivre par les chasseurs
pour les éloigner de leur nid, et puis, quand on vou-

lait les prendre, ils s'envolaient en secouant leurs petites ailes comme pour se moquer de vous.

HENRI.

Je pense que papa va bientôt faire faucher; il y a un mois, les prés étaient verts, ils sont devenus tout jaunes, tant il y avait de boutons d'or, et maintenant voilà du rouge; c'est le trèfle et la graine d'oseille.

GUILLAUME.

Ce n'est pas ce qu'il y a de mieux, cette oseille; mais là-bas, dans le pré des Morins, c'est bien autre chose; il y a tant de trompe-cheval que l'herbe en est jaunie, et il n'y a pas beaucoup de bon foin à côté.

HENRI.

Papa a dit qu'il ferait labourer ce pré-là peu à peu pour le ressemer ensuite. Nous voilà arrivés; attends-moi là; je vais revenir.

GUILLAUME, seul.

Qu'est-ce qu'il va dire, et pourquoi ne me laisse-t-il pas entrer? Si c'était bientôt mon anniversaire, je comprendrais. Non, c'est une commission de papa, ainsi, je puis bien l'entendre. Qu'est-ce que vous faites donc là, Jacelin?

JACELIN.

Des râteaux pour M. votre papa; il avait chargé M. Henri de me dire qu'il en était très-pressé.

GUILLAUME.

Alors on va bientôt commencer les foins; quel bonheur!

JACELIN.

Oh! on a déjà commencé à couper dans le bas pays! Ces demoiselles pourront vous en rapporter des nouvelles. Je les ai vues descendre par là, il y a deux heures.

GUILLAUME.

Par la route, naturellement; c'est la promenade favorite de miss Bessie; je leur souhaite bien du plaisir par ce soleil-là. Ah! les voilà. Catherine, en rentrant, demande à maman de te pincer les joues, tu es trop pâle.

CATHERINE.

Ne me taquine pas, Guillaume; je sens bien que je suis violette, mais c'est qu'il fait si chaud sur la route! Cependant nous nous sommes arrêtées là-bas dans la vallée, dans un pré qu'on fauchait, et nous nous sommes assises sous les arbres.

9.

HENRI.

Qu'est-ce que tu portes donc là dans ton mouchoir, Pauline?

FRANÇOISE.

Tu sais bien que Pauline a la passion des bêtes. C'est un petit nid de souris qu'elle a demandé aux faucheurs chez M. Saneil.

GUILLAUME.

Et qu'est-ce que tu en veux faire?

PAULINE.

Essayer de les élever.

MISS BESSIE, se retournant.

Ah! certainement non, Pauline, vous n'allez pas apporter à votre maman des souris. L'autre jour, je vous ai permis de rapporter une grenouille, parce que vous disiez que vous vouliez en faire un baromètre...

PAULINE, à demi fâchée.

Oui, je voulais la mettre dans un bocal avec une petite échelle; pour annoncer le beau temps, elle aurait escaladé les barreaux, et, par la pluie, elle serait restée au fond du bocal. C'était charmant, mais maman m'a dit de lâcher ma grenouille, et qu'il y avait assez d'un baromètre dans la maison.

GUILLAUME.

Au moins, miss Bessie, laissez-nous voir le nid;
Pauline le remettra ensuite dans l'herbe, dans le pré.
Oh! la petite boule est complète, les faucheurs n'y
avaient pas touché.

PAULINE.

Non, je n'avais jamais trouvé un nid entier. Vois
donc comme c'est joliment fait avec de l'herbe sèche
et des petits bouts de crin.

GUILLAUME, ouvrant un peu le nid.

Ah! que c'est petit, et comme il y en a! Tiens, je
croyais que les souris naissaient avec du poil, et
ces petites bêtes sont toutes rouges! Vite, refer-
mons-le pour qu'elles ne s'enrhument pas.

PAULINE.

Donne-moi le nid, je vais le poser là dans le foin.
Une touffe de trèfle incarnat! Comme elle fleurit
tard celle-là! Je vais la cueillir pour la mettre dans
l'eau; c'est une fleur qui reste fraîche si longtemps!

CATHERINE.

Puisque tu es là sur le bord du pré, donne-nous
des marguerites. Non, pas des pâquerettes, la grande
marguerite; je veux voir si miss Bessie m'aime beau-

coup ; non, si je l'aime beaucoup. Je t'aime un peu, beaucoup, passionnément, point du tout, un peu, beaucoup.... Miss Bessie, je vous aime un peu.... ce n'est pas vrai, je vous aime beaucoup.

GUILLAUME.

Donne-m'en une, que j'essaye aussi. Je t'aime un peu.... Henri, qu'est-ce que tu regardes donc là?

HENRI.

Viens voir, tout doucement. Regarde, c'est une *houlette* de lapin.

GUILLAUME.

Eh bien! qu'est-ce que c'est?

HENRI.

Papa m'a dit que c'était l'endroit où les mères lapins apportaient leurs petits loin du terrier.

GUILLAUME.

Et pourquoi ne les gardent-elles pas chez elles?

HENRI.

Parce que les pères les mangent.

GUILLAUME.

Ah! quelle horreur! Quand j'irai à la chasse, je tuerai tous les pères lapins, et pas les mères.

CATHERINE, riant.

Les mères n'ont pas de robes pour se faire reconnaître ; mais comme c'est gentil ce petit trou ! il est tout garni de poils ; où donc a-t-elle pris ce petit tapis ?

HENRI.

Sur sa poitrine. Les mères lapins s'arrachent les poils pour garnir la maison de leurs petits.

PAULINE.

Quelles excellentes bêtes ! Tiens, voilà un autre trou ! Il y a des petits ! il y a des petits !

HENRI.

Ceux-là sont nés bien tard ! Tous les autres nids sont vides maintenant. Chut ! ne faites pas de bruit ! Miss Bessie, pouvons-nous longer un peu le bois pour rentrer ?

MISS BESSIE.

Si vous voulez ! Tenez, voilà un petit lapin tombé dans ce creux ! Est-il mort ? Voyez-vous ?

HENRI.

Je vais voir. Guillaume, ne descends pas là-dedans, tu ne pourrais plus remonter. Non, il n'est pas mort. Pauline, tu pourras l'élever, cela vaudra mieux que tes souris.

PAULINE.

Oh! est-ce que tu me le donnes, mon bon Henri? Merci bien; fais attention en remontant. Je lui donnerai du lait, du pain, de l'herbe.

CATHERINE.

Moi, je lui garderai tous mes bonbons.

MISS BESSIE.

Je crois que le lait sera ce qui lui vaudra le mieux pour le moment. Pauvre petit, comme il a peur! Son cœur bat si fort! Le sentez-vous, Françoise?

FRANÇOISE.

Oh! je ne crois pas qu'il puisse vivre. Henri aurait mieux fait de le laisser dans son trou.

HENRI.

Il y serait mort bien certainement. Tiens, Pauline, puisqu'il y a déjà eu un nid de souris dans ton mouchoir, tu peux bien y mettre le lapin, et nous allons courir en avant pour savoir si maman nous permet de le garder.

PAULINE.

Oh! je crois que maman le permettra; nous le mettrons dans la vieille cage des tourterelles, avec du foin, dans un coin de l'oisellerie. Quel bonheur d'avoir trouvé cette jolie petite bête! Au moins celle-là ne mourra pas.

HENRI.

Ce n'est pas encore bien sûr; mais je sais bien à quoi tu penses; tous les mulots qu'on détruit en fauchant te fendent le cœur.

PAULINE.

Oui, cela m'empêche presque de m'amuser dans le foin; j'ai toujours peur de rencontrer une de ces pauvres petites bêtes mortes. Cependant, nous nous amuserons bien avec Amélie et Adolphe, si maman veut nous mener chez ma tante cette année, au moment où on fauchera le grand pré. Je ne sais pas pourquoi, cela me paraît plus joli que chez nous.

HENRI.

C'est parce que tu es bien aise de voir Amélie; car les prairies de mon oncle Paul ne sont pas si belles que celles de papa, mais on y fait de fameux goûters! Prends garde, le lapin remue!

PAULINE.

Heureusement, nous voilà à la maison; je cours chez maman.

LA RECOLTE DE JACQUES

La Saint-Jean approchait, et les foins mûrissaient. Les enfants de l'oncle Paul, c'est-à-dire de M. Charlus, commençaient à se cacher dans l'herbe, quand ils voulaient échapper à leur bonne, et on ne les retrouvait qu'à la trace laissée au milieu des longues tiges par leur passage; les ouvriers rebattaient leurs faux, et Adolphe, Martial et Amélie avaient toujours leurs couteaux à la main pour tailler des fourches. Martial ne réussissait d'ordinaire qu'à se couper les doigts; son couteau avait beau être rond, très-vieux et très-émoussé, il trouvait moyen de se faire des estafilades aux mains; après quoi il arrivait, en pleurant, trouver Amélie, qui était une fille de précaution, et qui conservait toujours les petites bandes blanches des timbres-poste pour s'en servir en guise de taffetas d'Angleterre.

— Tu te coupes trop souvent, Martial, dit-elle enfin un matin, en voyant son frère venir en courant pour la troisième fois, la main enveloppée dans son mouchoir; je n'ai plus de papier, et il y a deux jours seulement que maman a fait venir pour dix francs de timbres. Tu comprends bien que je ne vais pas renouveler ma provision tout de suite.

MARTIAL.

Oh! maman écrit tant de lettres! Mais tu ne m'as pas mis tout cela sur les mains! Je n'ai que quatre coupures à la gauche et deux à la droite!

AMÉLIE.

Adolphe s'est coupé aussi, et on m'a demandé un morceau de mon papier à la ferme; tu es trop exigeant; je vais demander à maman de t'ôter ton couteau.

MARTIAL.

Oh! non, je t'en prie, Amélie; je ne pourrais pas dire que je ne me coupe jamais, et je ne me fais pas beaucoup de mal. Je serais si malheureux sans couteau!

AMÉLIE.

Alors tâche de faire une fourche et d'en rester là ; je n'ai plus de provision, ainsi, tant pis pour toi, tu seras obligé d'aller trouver maman pour qu'elle le mette du taffetas d'Angleterre.

Les enfants avaient leurs armes toutes prêtes : Adolphe avait intrigué auprès du menuisier pour faire remettre des dents à leurs râteaux de bois, qui les avaient perdues en faisant les foins l'année précédente, et on venait de promettre de mettre le lendemain la faux dans les prés, quand madame Charlus vit entrer sa femme de chambre avec l'air consterné.

— Qu'y a-t-il donc, Rosalie? demanda-t-elle. Qu'est-il arrivé?

ROSALIE.

Oh! madame, ce pauvre Jacques, il est tombé sur sa faux, qu'il aiguisait pour travailler demain ; il s'est coupé la jambe jusqu'à l'os. Heureusement que sa femme a eu la présence d'esprit de lui serrer la jambe avec sa jarretière, sans quoi il perdait tout son sang ; il avait une artère coupée. Qu'est-ce que ces pauvres gens vont devenir?

MADAME CHARLUS.

Nous nous en occuperons plus tard; maintenant il faut aller au plus pressé, qui est de le soigner; faites-moi un paquet de vieux linge, j'y vais. A-t-on envoyé chercher M. Prévost?

ROSALIE.

Oui, madame, et par bonheur il passait sur la route, en sorte qu'il est arrivé tout de suite.

Madame Charlus, jetant son mantelet sur ses épaules, traversa le parc au bout duquel s'élevait la chaumière de Jacques. Elle trouva le médecin fort embarrassé; la femme de Jacques avait épuisé tout ce qu'elle avait de courage et de résolution en bandant, au premier moment, la jambe de son mari; elle s'était trouvée mal, et ses voisines étaient occupées autour d'elle, sans que personne songeât à aider le médecin. L'entrée de madame Charlus fit partir les plus bavardes, les autres se turent ou parlèrent plus bas, et, les laissant autour de la mère Marie dans la cuisine, elle entra tout droit dans la petite chambre où Jacques, pâle et les lèvres serrées, regardait le médecin qui commençait le pansement.

— Dieu merci, vous voilà, madame, s'écria M. Prévost; voilà un quart d'heure que je dis à toutes ces bavardes d'aller vous chercher, mais elles n'ont pas même su me donner un morceau de vieux linge; vous n'en avez pas, par hasard?

MADAME CHARLUS.

Voilà tout ce qu'il vous faut, je crois; maintenant dépêchons-nous, et, quand Jacques sera soulagé, je mettrai un peu d'ordre de l'autre côté, si la mère Marie le permet.

Le pansement était fini, et Jacques attendait sa femme, que madame Charlus avait décidément fait revenir à elle, lorsqu'en rentrant dans la cuisine, afin de laisser le malade en repos, elle entendit des sanglots d'enfant près du seuil. Jacques n'avait ni enfants ni neveux. Madame Charlus entr'ouvrit doucement la porte, et vit son petit Martial assis à côté et pleurant de tout son cœur.

— Qu'as-tu, mon enfant? lui dit-elle avec inquiétude.

MARTIAL.

Ma bonne a dit que.... que.... que Jacques allait mourir, et ça me fait.... de la.... de la peine.

MADAME CHARLUS.

Non, mon petit, Jacques ne va pas mourir; dans

un petit moment tu pourras entrer pour lui dire
bonjour.

MARTIAL.

Et qui est-ce qui lui coupera son foin? Moi, je le
fanerai, maman, si vous voulez bien!

MADAME CHARLUS.

Mon pauvre petit, si la bonne volonté tenait lieu
de forces, à la bonne heure.

MARTIAL, retroussant ses manches.

Mais, maman, je suis très-fort, moi; voyez mes
bras, et puis Adolphe et Amélie m'aideraient.

— Si madame veut rentrer? dit la mère Marie
qui sortait de la chambre de son mari; et pourquoi
M. Martial pleure-t-il?

MADAME CHARLUS.

Parce qu'il était inquiet de Jacques. Viens voir
par toi-même qu'il n'a pas l'air si malade.

Martial entra sur la pointe du pied, et, s'avançant
tout près du lit, grimpa sur une chaise, puis, se penchant sur Jacques, il l'embrassa tout doucement. Le
vieil ouvrier, qui avait vu naître non-seulement le

petit garçon, mais sa mère, fut si touché de l'af-
fection de l'enfant, que les larmes lui vinrent aux
yeux.

— C'est un cœur d'or, madame, dit-il ; tout votre
portrait.

MARTIAL, à l'oreille de Jacques.

Ne te tourmente pas de ton foin, mon bon Jacques; c'est moi qui le fanerai.

Jacques sourit, joignit les mains avec la résigna-
tion tranquille des paysans, et dit :

— Le bon Dieu permettra peut-être que je me
guérisse bientôt.

Martial n'avait pas envie que Jacques fût longtemps
malade; mais, puisque Dieu lui avait envoyé un accident, il n'était pas aussi pressé de le voir se guérir
qu'il l'eût été sans la belle idée de faner le pré du
blessé avec le secours d'Amélie et d'Adolphe. A peine
arrivé à la maison, il courut dans le cabinet de son
père. M. Charlus était allé voir ses faucheurs. Martial le poursuivit jusque dans le pré.

— Papa, dit-il, pouvez-vous faire faucher demain
matin le pré de Jacques?

M. CHARLUS.

Le pré de Jacques? Est-ce qu'il ne peut pas le
faucher lui-même?

MARTIAL.

Non, papa; il s'est blessé avec sa faux, et M. Prévost est venu, et maman a été l'arranger, et M. Prévost dit que, s'il est guéri dans un mois, ce sera
bien heureux; et ce sera trop tard, son foin sera
perdu. Je le fanerai bien avec Adolphe et Amélie;
mais nous ne pouvons pas le faucher, nous n'avons
pas de faux.

M. CHARLUS.

Et vous en feriez un bel usage, si vous en aviez.
Je vais tâcher d'intéresser mes faucheurs en faveur
de Jacques. Mes amis, Jacques s'est blessé tout à
l'heure avec sa faux; il ne pourra pas travailler d'ici
à un mois.

TOUS LES OUVRIERS.

Eh! le pauvre homme! juste au fort de l'ouvrage!

M. CHARLUS.

Vous savez qu'il n'a ni frères ni parents, mais
c'est un brave homme qui nous a rendu service à
tous. Voulez-vous que nous nous trouvions demain

matin dans son pré à quatre heures? Vous ne viendrez faucher chez moi qu'à huit heures au lieu de cinq, et vous ne prendrez qu'une demi-heure pour votre déjeuner et votre buvette, au lieu d'une heure. Comme cela, vous donnerez chacun deux heures, et moi deux heures. Il y aura du malheur si nous n'abattons pas son pré, qui n'est pas bien grand.

TOUS LES OUVRIERS, à l'exception de Carcier.

Volontiers, m'sieu, vous êtes un brave m'sieu.

CARCIER.

Oh! moi, Jacques ne m'a jamais fait du bien; je ne veux pas me lever une heure plus tôt et me reposer une heure de moins pour son service.

LE PÈRE LAVIGNE.

Fais comme tu voudras, grand lâche, personne ne te demande rien.

M. CHARLUS.

Vous n'avez qu'à venir faucher ici à cinq heures, comme de coutume, Carcier; vous êtes le maître de ne pas rendre service à votre prochain. Es-tu content, Martial? Maintenant le fanage te regarde.

MARTIAL.

Oui, papa, ma fourche et mon râteau sont prêts,

heureusement; je vais tout raconter à Amélie.

Amélie, qui ne comptait pas sur ses forces autant que Martial, tout en étant aussi bien disposée que lui en faveur de Jacques, essaya de lui faire comprendre qu'à eux trois ils ne pourraient jamais remuer tout ce foin.

— J'ai une idée, dit-elle; prions maman de faire prévenir ma tante Sara, elle amènera Henri, Françoise, Pauline, Catherine, Guillaume et Gaston; nous nous amuserons beaucoup et nous ferons bien de l'ouvrage.

ADOLPHE, en entrant.

Si on nous donne congé, sans quoi nous ne ferons pas grand'chose.

Madame Charlus, toujours disposée à encourager ses enfants dans le désir d'être utiles, consentit à faire prévenir sa sœur. Martial, préoccupé de l'idée que ses cousins n'apporteraient pas de fourches, se coupa les doigts cinq ou six fois en travaillant à préparer celles de Gaston et de Catherine. A la sixième fois, l'entaille fut si profonde, qu'il fut obligé d'aller trouver sa mère, qui lui donna du taffetas d'Angleterre, mais qui lui prit son couteau. Les foins absorbaient toutes les pensées de Martial, qui ne prit pas le temps de pleurer sur sa perte. Adolphe et Amélie avaient coupé et préparé deux fourches. Françoise et Henri devaient avoir l'honneur de se servir de véritables fourches d'ouvriers.

Le lendemain, à quatre heures, au moment où les journaliers entraient dans le champ, ils virent M. Charlus déjà à l'œuvre; il avait mis son habit bas, et une longue rangée de foin abattue derrière lui indiquait qu'il devait travailler depuis une heure au moins.

Madame Jacques, les mains jointes, debout devant sa porte, le regardait faire avec étonnement et admiration.

— C'est que m'sieu fauche comme un ouvrier, se disaient les hommes en se poussant le coude, au moment où M. Charlus, prenant la tête de la bande de faucheurs, se mit en devoir de conduire l'ouvrage plus vite et plus également que cela n'arrivait toujours dans ses prés, quand le père Lavigne menait le fauchage.

A huit heures, tout le foin était à bas, et les enfants entendaient le bruit d'une voiture qui s'avançait rapidement·

— C'est le char à bancs, s'écrièrent-ils tous à la fois!

En effet, M. de Lussac apparaissait à l'horizon, conduisant un grand char à bancs découvert qui contenait sa femme, miss Bessie et les sept enfants; Gabrielle était dans les bras de sa nourrice, qui avait
demandé en grâce la permission de venir un peu
faner dans le pré de Jacques, qu'elle connaissait depuis longtemps.

— Arrivez, arrivez! criait Martial; papa est à
l'ouvrage depuis trois heures de matin, et, quand j'ai
été voir, à sept heures, il n'y avait presque plus rien
à couper, mais il n'a pas voulu nous laisser faner
tant qu'il y avait des faucheurs.

La bande des enfants de madame de Lussac prit à
peine le temps d'embrasser madame Charlus, et on
s'élança du côté du pré de Jacques. Françoise et Pauline entrèrent pour voir le blessé.

— Vous avez donc voulu être aussi de la bonne
action? dit le paysan en prenant dans ses mains
brunes les petites mains des enfants. C'est pourtant
à M. Martial que je dois tout ça. En entendant ce
matin la faux de monsieur, dès trois heures, je me
disais : Si le bon Dieu veut me relever de là, je le
lui revaudrai, pour sûr.

PAULINE.

Guérissez-vous seulement, mon bon Jacques; je

crois que vous pouvez être tranquille sur votre foin
maintenant que mon oncle s'en mêle; et puis vous
n'avez jamais eu tant de faneurs, n'est-ce pas? Gaston
est réveillé depuis cinq heures, et il croit qu'il va
faire un ouvrage énorme : « Quand je vais chez mon
oncle, Jacques me donne toujours des fraises et des
noisettes, et moi je veux travailler pour lui comme
un homme. » Voilà ce qu'il disait ce matin.

— Françoise, Pauline, venez donc travailler au
lieu de tant bavarder, criaient les garçons.

Et les deux petites filles, sautant sur leurs fourches,
furent bientôt au milieu du pré avec les autres.

Il était midi quand madame Charlus et madame de
Lussac vinrent appeler leurs travailleurs, que la
cloche du déjeuner n'avait pas pu arracher à leur
ouvrage, sous prétexte que les ouvriers ne man-
geaient qu'à midi. On fit cependant honneur au déjeuner; mais à peine eut-on terminé, que les neuf
enfants reprirent leur course, accompagnés de la nourrice, qui laissait Gabrielle à sa mère. Les petits travailleurs furent fort étonnés en arrivant de trouver
le père Carcier qui fanait. Il les salua d'un air un
peu honteux. Martial allait à lui, quand Amélie l'arrêta :

— Il ne faut rien lui dire, Martial, dit-elle; il est

fâché de n'avoir pas voulu venir faucher, et il répare comme il peut sa mauvaise action.

En effet, Carcier fana pendant le temps du repas, tout en mangeant son pain et son fromage, puis, touchant son chapeau, il reprit le chemin de la prairie sans rien dire.

Le soir, tout le foin, à demi sec déjà, était rangé en longues raies dans le pré; les petits râteaux avaient remplacé les fourches, et les domestiques de la maison étaient venus à la fin de la journée donner un coup de main aux enfants. Mais la récolte n'était pas finie, et Amélie, Adolphe et Martial demandèrent en grâce à leur tante de leur laisser leurs cousins. Madame de Lussac y consentit en riant.

— Où logerez-vous cette troupe? demanda-t-elle.

MADAME CHARLUS.

Les garçons chez Adolphe et les filles chez Amélie. Martial et Gaston partageront leur lit dans mon cabinet de toilette. Je suppose que tu emmènes Gabrielle.

MADAME DE LUSSAC.

Certainement; heureusement on est fatigué, en sorte qu'on ne pourra pas jouer et se battre cette nuit.

10.

La nuit on dormit, mais à cinq heures tout le
monde était sur pied, et à huit heures tout le foin
était étendu, M. Charlus ayant encore donné ce ma-
tin-là une heure de ses ouvriers. A la fin de la journée
on avait tant remué, retourné, secoué le foin, sans
perdre un moment pour se le jeter à la tête, que les
charrettes de M. Charlus purent tout enlever. Les
ouvriers, lassés, épuisés, se laissèrent mettre dans la
dernière charrette, quand on eut déchargé le foin
dans le grenier de Jacques. Martial et Gaston ne pouvaient plus remuer ni pied ni patte; ils eurent tout
juste assez de force pour manger leur part de la galette et des fraises que la femme de Jacques, dans sa
reconnaissance, avait apportées pour leur souper, et
puis on les déshabilla comme des babys, et ils s'en-
dormirent à côté l'un de l'autre, sans s'inquiéter des
éclats de rire de leurs frères et de leurs sœurs qui se
couchaient dans les chambres voisines.

JUILLET

—

SEPTIÈME PROMENADE

l fait vraiment trop chaud pour se promener sur la route, dit miss Bessie à Françoise et à Pauline, qui étaient bien de son avis. Nous irons nous asseoir dans le bois, tout de suite après déjeuner, puisque c'est jeudi, et nous y passerons la journée.

PAULINE.

Oui, oui, et je sais bien ce que nous ferons; Françoise, viens ici que je te parle....

FRANÇOISE.

Henri, tu n'as pas besoin d'écouter, cela ne te regarde pas.

PAULINE.

Je te le dirai tout à l'heure, Henri, mais laisse-moi tout arranger avec Françoise. (Tout bas.) Si tu veux, nous ferons une grande cueillette de fraises, mais personne n'en mangera une seule; nous en ferons un énorme bouquet, et nous le mettrons dans un petit panier que nous servirons à maman pour son dessert.

FRANÇOISE.

Je veux bien; seulement, il faut aller un peu avant dans le bois, si nous voulons trouver des fraises : les enfants de l'école mangent tout ce qu'il y a sur les bords. Moi, je ferai le panier pour mettre les fraises; maman m'a raconté l'autre jour qu'elle faisait des paniers de jonc, quand elle était toute petite, et je veux essayer. Allons chercher les chapeaux. Messieurs les garçons, venez-vous avec nous?

GUILLAUME.

Maman a dit qu'elle gardait Catherine, moi et Gaston.

CATHERINE, accourant.

Oh! si on cueille des fraises, j'en suis.

FRANÇOISE.

Qui est-ce qui t'a dit qu'on voulait cueillir des fraises, petite bavarde?

CATHERINE.

C'est Pauline; et je sais très-bien garder les secrets. Maman, pouvons-nous aller tous dans le bois avec miss Bessie? Il y a un secret, nous voulons faire un secret.

HENRI ET FRANÇOISE, l'entraînant.

Veux-tu te taire!

GASTON.

Maman, puis-je aller au secret?

MADAME DE LUSSAC.

Comment, toi aussi, tu veux laisser ta mère?

GASTON.

Je reviendrai, maman, c'est pour le secret seulement. Vous avez Gabrielle, maman.

MADAME DE LUSSAC.

C'était pour rire, mon garçon; va avec les autres. Seulement ne faites pas trop enrager miss Bessie.

— As-tu pris le panier, Françoise? demandait Pauline en voyant arriver sa sœur qui descendait la dernière.

FRANÇOISE.

Non, puisque j'en ferai un.

PAULINE.

En attendant que l'autre soit fait, je prends le mien. Ah! qu'il fait chaud! nous serons cuites avant d'arriver à l'ombre; regardez, miss Bessie, il n'y a presque pas de bêtes en mouvement; les fourmis ont l'air de s'endormir; il n'y a que les moucherons qui dansent dans le rayon de soleil. Ils ne manquent pas de salles de bal aujourd'hui.

CATHERINE.

Il y a des rayons de soleil partout; mais où couchent tous ces moucherons, miss Bessie?

MISS BESSIE.

Ils meurent, ils ne vivent qu'une journée; c'est ce qu'on appelle des éphémères.

GUILLAUME.

Oh! les pauvres petites bêtes! Alors ils font bien de danser pendant qu'ils sont en vie.

MISS BESSIE.

Ah! vous trouvez que c'est une bonne façon de passer sa vie que de danser toujours?

GUILLAUME.

Pour des moucherons. Pas pour des hommes ni des femmes; d'abord, moi, quand je serai grand, je serai marin, et je n'aurai pas la place de danser.

GASTON.

Moi, je ne serai pas marin, ni soldat, ni rien du tout; je resterai avec maman, et je me marierai.

HENRI.

Une jolie carrière pour donner du pain à ta femme et à tes enfants!

GASTON.

Qu'est-ce que c'est qu'une carrière?

HENRI.

C'est ce qu'on fait pour gagner sa vie; la carrière de papa, c'est de cultiver ses champs.

GASTON.

Alors, moi, je cultiverai mes champs. Miss Bessie,
pouvons-nous nous asseoir? J'ai si chaud!

MISS BESSIE.

Oui, nous voilà arrivés. Que de fleurs dans ce petit
coin; on ne se donne presque plus la peine de les
cueillir! Voilà pourtant une belle branche d'églan-
tier! Je vais la prendre pour la mettre dans mes
cheveux ce soir.

FRANÇOISE.

Ne la cueillez pas à présent, cela se fane si vite.
Asseyons-nous là sur le bord du ruisseau; je vais
cueillir mes joncs et me mettre à tresser mon panier, pour me reposer avant la récolte des fraises.
Pauline, veux-tu me fendre mes joncs?

HENRI.

Moi, je veux bien les cueillir; mais, quant à faire
des paniers, merci bien. Regarde donc, Guillaume,
comme cette feuille descend doucement sur le ruisseau! Ah! la voilà arrêtée par une petite pierre! Non,
elle repart; voyons si elle passera le tourbillon, elle
est emportée, je ne sais plus où elle est!

GUILLAUME.

Attends, attends, nous allons prendre chacun une

pétale d'églantine, et ce sera notre bateau, nous verrons lequel du *Jeune Henri* ou de l'*Aimable Guillaume* ira le plus loin.

CATHERINE.

L'*Aimable Guillaume?* Qu'est-ce que tu dis-là?

GUILLAUME.

C'est le nom de mon bateau. J'ai vu des vaisseaux qui s'appelaient comme cela, en allant au Havre avec papa. Ah! le tien est déjà arrêté par la mousse du ruisseau. Mais où donc est le mien? Sous une feuille sèche! Ce que c'est que d'être petit! Ah! les voilà de nouveau ensemble, ils s'en vont tout doucement. Nous ferons comme cela quand nous serons deux bons vieux avec nos cannes.

HENRI.

Je serai toujours plus vieux que toi.

GUILLAUME.

Ah! quand tu auras soixante-quinze ans et moi soixante et onze, nous ne serons bien jeunes ni l'un ni l'autre. Comment vous y prenez-vous donc pour fendre ces joncs?

CATHERINE.

Tu ne sais pas ôter la moelle des joncs? Nous pi-

quons dedans deux épingles en croix et nous les
poussons jusqu'au bout de la tige. Seulement nous
ôtons la fleur, parce que c'est un nœud qui arrête.

PAULINE.

Et comme il faut pousser bien droit pour ne pas
abimer le jonc, Catherine ne fait pas grand'chose de
bon. Tiens, amuse-toi avec cette moelle pendant que
je fais des tresses pour Françoise.

GASTON.

Oh! donnez-moi de la moelle, je vais faire une
soupe au vermicelle.

CATHERINE.

C'est que c'est très-bon, la moelle de joncs; j'ai
bien envie de manger ta soupe.

PAULINE.

Veux-tu bien finir, et ne pas manger ces dro-
gues-là? Allons cueillir des fraises!

GASTON.

Oui, des fraises! c'est bien meilleur que le
jonc!

HENRI.

Un instant; on a dit qu'on n'en mangerait pas
et qu'on les garderait toutes pour maman.

GUILLAUME.

Bien sûr ; oh ! quel joli petit coin rouge ! J'ai déjà trois fraises ; non, en voilà une qui est trop mûre, elle tombe ; Pauline, où est ton panier ?

PAULINE.

Attends, je mets des feuilles dans le fond. Gaston, ne t'assieds pas par terre, tu écrases les fraises.

CATHERINE.

Et tu manges toutes celles que tu n'écrases pas. Il les serre dans ses mains, et puis il les met ensuite dans sa bouche.

GASTON.

Seulement celles qui sont écrasées, Catherine, seulement celles qui sont écrasées !

HENRI.

Mais si tu les écrases toutes ! Moi, je vais dans le fourré, je suis sûr qu'il y a beaucoup de fraises par là.

GUILLAUME.

Moi aussi.

HENRI.

Non, non, tu te déchirerais les jambes avec les

chaussettes. Quand tu auras des pantalons jusqu'aux pieds, comme moi!

GUILLAUME.

Maman a dit que j'en aurais l'année prochaine.

HENRI.

Allons donc! l'année prochaine! Il n'y a pas deux ans que j'ai les miens, et vous avez quatre ans de moins que moi, monsieur.

GUILLAUME.

C'est égal, maman a dit que j'en aurais l'année prochaine.

HENRI, de loin.

C'était pour se moquer de toi. « Qui veut savoir la couleur de mes guêtres, il n'a qu'à voir la couleur de mes bas, » etc., etc.

PAULINE.

Regardez donc tout ce que j'ai déjà! Françoise, ton panier est-il fini? Viens-tu nous aider?

FRANÇOISE.

Je ne sais pas ce qu'il a, le fond ne veut pas tenir. Il faut que je demande d'autres renseignements à maman. Il y a des fraises tout près de moi, je vais

les cueillir. Catherine et Guillaume, vous en cueillez
beaucoup qui ne sont pas mûres.

CATHERINE.

Elles mûriront.

PAULINE.

Surtout si nous les mangeons ce soir. Oh! mon
petit Gaston, tu t'es assis dans les fraises! ton pantalon blanc est tout taché!

GASTON.

Oh! Maria va me gronder! Maria va me gronder!
Lavez-moi dans le ruisseau, mes petites sœurs, je
vous en prie!

FRANÇOISE.

Non, cela t'enrhumerait, et d'ailleurs les taches
de fruit ne s'en vont pas à l'eau. Voilà un orchis
mouche, c'est encore plus rare que l'orchis abeille.
Je croyais bien que tous les orchis étaient passés.

PAULINE.

Attends, j'ai promis à la cuisinière de lui rapporter
du cresson pour son poulet ce soir; il n'est nulle
part plus beau que dans cet endroit du ruisseau. Je
ne vois plus de fraises, et, pour peu qu'Henri rapporte un beau bouquet de son voyage dans les ron-

ces, nous aurons un vrai petit plat à donner à maman.

FRANÇOISE.

Nous pourrons les arranger dans ma petite corbeille d'osier, en les entourant de boutons d'églan-
tier; ce sera très-joli. Eh bien! Henri, qu'est-ce que
tu rapportes? Tu n'as que cela?

HENRI.

Et quelques écorchures aux mains et aux jambes,
plus un grand accroc à mon pantalon! Une autre fois
je reste dans les chemins battus. C'est égal, nous en
avons une bonne provision.

MISS BESSIE.

Mes enfants, il est temps de rentrer; prenez toutes
vos affaires.

GUILLAUME.

Oh! maintenant qu'il ne fait plus si chaud, pouvons-nous redescendre par les champs? Je voudrais
voir si le blé est bien jaune, et si on a fini de couper
le colza.

HENRI.

Je ne sais pas si on a fini; mais, en tous cas, ils ne
sont plus dans les champs de ce côté-ci. On chantait

encore à midi, et on n'a pas recommencé après le dîner.

GUILLAUME.

Alors tout est à bas, et il n'y a plus rien de joli à voir; il faut attendre le battage. Qui porte le bouquet?

FRANÇOISE.

Moi; sans cela, il n'en arrivera pas une seule à la maison. Regardez là-bas, dans le regain du trèfle, qu'est-ce qu'il y a donc?

GUILLAUME.

Chut! ce sont des lapins! Nous les ferons sortir tout à l'heure. Ces petits coquins, qui mangent le trèfle de papa!

HENRI.

Tapons tous des mains. Ah! comme ils se sauvent! On voit le blanc de leurs petites queues, tant elles remuent dans leur course! Si j'avais un fusil!

PAULINE.

Tu les manquerais. Viens donc, Françoise, dépêchons-nous, sans cela nous n'aurons pas le temps d'éplucher les fraises et de les arranger avec nos fleurs, avant de nous habiller.

MISS BESSIE.

Et il y a là-bas un nuage bien menaçant; j'espère que nous n'aurons pas d'orage cette nuit.

CATHERINE.

Oh! il ne pleut jamais bien fort au mois de juillet.

MISS BESSIE.

Vous croyez? Eh bien! je lisais précisement ce matin l'histoire d'une inondation qui a eu lieu au mois de juillet.

PAULINE.

Une histoire! Nous la lirez-vous ce soir?

MISS BESSIE.

Peut-être, si vous êtes sages; je n'en sais rien.

CATHERINE.

Est-ce amusant?

MISS BESSIE.

Vous verrez.

CATHERINE.

Alors c'est que vous nous la lirez, puisque vous dites que nous verrons.

MISS BESSIE.

Je verrai si ce sera pour ce soir; en tous cas, il est temps de rentrer maintenant.

Le plat de fraises fut apporté en triomphe au dessert; seulement, comme on s'était disputé à qui l'apporterait, on avait tiraillé les feuilles qui étaient un peu de travers; mais madame de Lussac mangea résolûment l'offrande de ses enfants, sans dire que les fraises du jardin étaient meilleures et n'avaient pas été tripotées comme celles du fameux secret.

Miss Bessie avait commis une grande imprudence en parlant de l'histoire de l'inondation; elle était à peine rentrée dans le salon que les six enfants s'élancèrent sur elle, l'entraînèrent dans un coin, la firent asseoir sur un canapé, puis, se mettant tous à genoux devant elle, ils la conjurèrent, les mains jointes, de leur lire l'histoire.

— Ne me faites pas mourir à force de rire, alors, dit miss Bessie qui s'était appuyée sur le bras du canapé pour rire à son aise, et vous, Pauline, allez chercher dans ma chambre un petit livre vert.

Pauline monta l'escalier en trois bonds, ce qui n'était pas dans ses habitudes, et elle reparut le livre à la main. Miss Bessie l'ouvrit :

11.

— Je crois que c'est du chinois, dit-elle, et je ne sais pas le chinois!

Non, non, ce n'est pas du chinois; c'est pour nous taquiner; c'est de l'anglais ou du français.

GUILLAUME, qui s'est glissé derrière miss Bessie.

C'est du français, c'est du français!

MISS BESSIE.

Alors c'est une espèce de chinois que je sais un peu; installez-vous tranquillement. Pauline, ne vous asseyez pas sur vos talons; Henri, ne secouez pas la table. Voyons ce que dit cette histoire.

L'INONDATION

Les foins étaient presque finis; on parlait déjà de commencer à couper le blé, et les enfants de M. des Abris étaient absorbés par le plaisir de se rouler sur les meules à demi défaites qu'on rentrait en grande hâte, parce que le temps était menaçant depuis quelques jours.

— Je crois bien que demain il n'y aura pas un brin de foin dans les prés, disait Lucien des Abris à sa petite sœur Juliette ; mais les blés commenceront bientôt, et nous irons les voir lier.

JULIETTE.

Je n'aime pas tant le blé que le foin ; il fait bien plus chaud dans le champ que dans le pré ; il n'y a pas d'arbres au bord, et puis la rivière est si jolie, à moitié cachée dans les buissons ! Quand j'ai soif, je n'ai qu'à prendre un peu d'eau dans ma main.

LUCIEN.

Comme maman te l'a défendu cent fois ; un de ces jours, tu tomberas dans l'eau, et tu te noieras avant qu'on ait le temps de venir à ton secours.

JULIETTE.

Oh ! je fais bien attention ! Mais quels gros nuages ! Ah ! voilà des gouttes de pluie ! Rentrons vite : je crois que nous allons avoir un orage.

LUCIEN.

Heureusement qu'il y a encore deux meules tout

JULIETTE.

Est-ce que papa est maçon, maman ?

MADAME DES ABRIS.

Pourquoi demandes-tu cela ?

JULIETTE.

Parce que vous dites qu'il a construit cette mai-son-ci ; je croyais que c'étaient les maçons qui con-struisaient les maisons.

LUCIEN, riant.

Il l'a fait construire, il a payé les maçons. Ah ! ma pauvre Juliette, quelles drôles d'idées tu as ! Ce n'est pas l'embarras : si nous étions en Amérique, tout seuls dans la forêt, papa et moi nous vous construi-rions bien une maison avec des troncs d'arbres.

Madame des Abris était retournée à la porte du vestibule, où elle attendait son mari. Les enfants, le front appuyé contre la vitre, regardaient les éclairs et la pluie qui tombait, écoutaient le tonnerre et continuaient à construire dans le désert une maison de leur invention. Juliette devait tisser la toile pour les rideaux, et on se disputait sur la distribution des chambres à l'intérieur, quand un coup de tonnerre plus fort et plus sec leur fit lever les yeux. Un des grands sapins qui bordaient la terrasse comme une espèce de brise-vent, venait de se fendre dans toute sa hauteur, et son tronc noirci et dépouillé disait assez qu'il avait été frappé de la foudre. Les deux enfants poussèrent un petit soupir d'effroi et de soulagement en se rendant compte qu'ils n'avaient aucun mal, et ils coururent retrouver leur mère pour se féliciter avec elle de ce que l'accident n'était pas tombé sur la grande sapinette sous laquelle on s'asseyait si souvent en été pour lire, pour travailler et pour causer.

La pluie tombait régulière et pressée, comme si les anges versaient du ciel sur la terre une quantité de seaux d'eau ; de temps en temps le vent s'élevait, et la pluie venait battre les vitres, en sorte que les enfants ne pouvaient plus rien voir dehors pendant un moment. Après une de ces bourasques, ils aperçurent leur père, un parapluie cassé à la main, qui revenait à grands pas. Leur mère ouvrit la porte du vestibule.

— Avez-vous des provisions dans la maison, ma chère? demanda-t-il avant même d'entrer.

MADAME DES ABRIS.

Pas beaucoup; c'est vendredi, et on doit aller demain au marché.

M. DES ABRIS.

J'ai bien peur qu'il n'y ait aucune chance de cela;
faites monter de la ferme le plus de farine que vous
pourrez d'ici à ce soir. Je viens de donner l'ordre
d'amener les moutons, les cochons et les vaches dans
la cour; nous en installerons le plus que nous pourrons dans l'écurie et sous le séchoir.

MADAME DES ABRIS.

Vous ne doutez donc pas de l'inondation?

M. DES ABRIS.

La rivière doit déjà être débordée là-haut; elle a
changé de couleur et l'eau est troublée. Je suis
bien fâché maintenant de n'avoir pas construit une
autre ferme et de m'être servi de la vieille maison
pour cet usage.

MADAME DES ABRIS.

Faisons monter tout ce qui est transportable.
croyez-vous avoir du temps?

M. DES ABRIS.

Je ne crois pas que l'eau arrive avant cette nuit.

MADAME DES ABRIS.

Juliette, tu vas rester ici avec moi pour m'aider à

recevoir tout ce qui arrivera. Lucien, viens ici ; tu
vas mettre ton paletot de caoutchouc avec son capuchon, et tu accompagneras ton père à la ferme, d'où
il va m'envoyer les poulets, les œufs, les meubles,
les provisions de légumes. Heureusement, tous les
coffres sont presque vides à l'approche de la récolte.

Juliette, un peu inquiète d'abord à l'idée de mourir de faim, se tranquillisa en entendant parler d'œufs
et de poulets ; elle suivit sa mère, qui commençait à
enlever les meubles du vestibule pour faire de la place
aux arrivants. Bien lui en prit, car, de minute en minute, on voyait arriver une femme portant sur ses
épaules une pièce de toile, une seconde conduisant
d'une main sa chèvre, et tenant de l'autre un paquet
qui contenait ses habits du dimanche, une troisième
chargée de paniers contenant ses poulets et ses canards. Tout le monde venait demander l'hospitalité
et un lieu de refuge ; toutes les maisons étaient con-
struites dans la vallée : les Abris seuls étaient sur la
hauteur. Madame des Abris établit Juliette devant
une table avec du papier et des plumes : puis, lui
dictant rapidement le nom de chaque personne et ce
qu'elle apportait, elle attachait cette étiquette sur les
paquets, faisait asseoir les propriétaires, ou les envoyait chercher le reste de leurs richesses.

— Maman, la mère Robert ni son petit garçon ne sont là, dit Juliette en relevant la tête.

Elle aurait mieux aimé se promener au milieu des paquets et parler aux femmes et aux enfants que de rester là devant la table à écrire; mais elle était obéissante et elle comprenait que ce n'était pas le moment de fatiguer sa mère de demandes.

— Ah! pour ça, non, mam'zelle, dit une des femmes; elle ne veut pas sortir de chez elle. Elle dit qu'il n'y a pas de danger, et cependant sa maison est tout ce qu'il y a de plus bas dans le village.

MADAME DES ABRIS.

Retournez-y, mère Lucas, et dites-lui de ma part qu'il y a du danger et que je la prie de monter ici avec son petit Pierre : je lui trouverai bien une place.

LA MÈRE LUCAS.

J'y vas, madame, à votre bon plaisir; mais je ne suis pas sûre qu'elle veuille m'écouter.

De nouveaux arrivants détournèrent l'attention de madame des Abris. Son mari était occupé à vérifier l'état des bateaux, à faire organiser des provisions de fourrage pour tous les animaux entassés dans sa cour et dans ses bâtiments, et à faire dégager le lit de la rivière des branches, des buissons, des petits arbres qui auraient pu arrêter le cours de l'eau et rendre sa fureur plus dangereuse encore.

A huit heures, après avoir dîné à la hâte et presque sans s'asseoir, madame des Abris continuait son travail d'arrangements, quand elle s'aperçut que Juliette, au lieu d'écrire ce qu'elle lui dictait, avait posé ses deux bras sur la table, sa tête dessus, et dormait profondément.

— Pauvre petite ! se dit-elle, Lucien, viens chercher ta sœur, réveille-la tout doucement et allez vous coucher.

LUCIEN.

Oh ! maman, je n'ai pas envie de dormir, moi, permettez-moi de rester à vous aider. Papa ne veut plus me laisser dehors.

MADAME DES ABRIS.

Non, va te coucher, tu seras réveillé cette nuit par le bruit de l'eau, et, quand tu l'auras une fois entendu, tu ne l'oublieras plus. Songe à demander à Dieu que le désastre ne soit pas trop grand.

LUCIEN.

Oui, maman, papa m'a déjà dit cela deux ou trois
fois aujourd'hui. N'ayez pas peur, maman, le bon
Dieu ne permettra pas que la rivière nous fasse du
mal puisqu'elle est à lui.

Madame des Abris sourit, et prit Juliette dans ses
bras, en voyant que son frère ne pouvait venir à
bout de la réveiller. Les enfants couchés, elle redes-
cendit à la cuisine où une foule pressée mangeait de
la soupe. Une énorme marmite était encore sur le
feu. Deux domestiques la décrochaient au moment
même pour porter leur part aux femmes entassées
dans la remise.

— A-t-on étendu de la paille pour coucher tout
le monde, Louise? demanda madame des Abris à sa
femme de chambre fort occupée à couper des morceaux de pain.

LOUISE.

On est dans le grenier, madame, on en met le
moins possible parce qu'il en faut pour toutes les
bêtes qui sont là dehors. J'espère que le bon Dieu
permettra que ce ne soit pas long, car nous serions
bientôt à court de pain et de farine.

MADAME DES ABRIS.

En tout cas, nous ne manquerons pas de viande;

couchez-vous le plus tôt que vous pourrez, nous aurons assez à faire demain.

Il était trois heures, madame des Abris, épuisée, sommeillait dans son fauteuil, quand son mari lui toucha légèrement le bras.

— Je rentre, Caroline, dit-il, et les prés sont déjà couverts. Mais qu'est-ce qu'on me dit? La mère Robert n'est pas ici?

Madame des Abris bondit dans son fauteuil.

— Non, elle n'y est pas. Je lui ai envoyé dire de venir, mais elle est entêtée, elle n'a pas voulu écouter la mère Lucas. J'aurais dû y aller moi-même. Qu'allons-nous faire maintenant?

M. DES ABRIS.

Je vais faire descendre un des bateaux jusqu'à la vallée, il y aura bientôt assez d'eau pour flotter, et j'irai la chercher.

— Allez, allez vite, dit sa femme, je ne me pardonnerais jamais s'il arrivait malheur à cette pauvre vieille et à son petit garçon.

Une demi-heure après, M. des Abris avec un autre homme s'approchait en bateau de la chaumière de la mère Robert, la vieille maison tremblait sur ses fondements, et l'un des murs se fendait déjà. La pauvre femme, à la fenêtre du grenier, tenait son petit-fils dans ses bras attendant du secours sans oser l'espérer.

— Voilà monsieur! s'écria l'enfant dont les yeux plus jeunes distinguaient de loin le bateau.

— Dieu soit loué! murmura la vieille femme en tenant plus étroitement son enfant.

Puis elle attacha à la fenêtre une longue corde.

— Que voulez-vous faire, grand'mère? demanda le petit.

— Un chemin pour qu'on vienne nous chercher, dit-elle.

A ce moment, M. des Abris se trouvait sous la fenêtre; il saisit la corde et grimpa vivement jusqu'à la mansarde.

— Viens, mon garçon, dit-il, je viendrai ensuite chercher ta grand'mère. Vos paquets sont-ils prêts, mère Robert?

LA VIEILLE FEMME.

Oui, monsieur, j'ai bien eu le temps de les faire, depuis que je me repens de n'avoir pas suivi le conseil de votre dame.

M.r des Abris sauve la mère Robert et son petit fils.

Pendant qu'elle parlait, M. des Abris se laissant glisser le long de la corde avait remis le petit garçon au batelier, et il remontait déjà pour chercher la vieille femme; lorsqu'il l'eut prise dans ses bras et que les derniers paquets eurent été lancés dans la barque, il recommença son dernier trajet. La maison craquait et s'ébranlait de plus en plus; en touchant le fond du bateau, M. des Abris saisit une rame et en quelques coups s'éloigna de la chaumière; il était temps, la toiture s'ébranla, vacilla un moment, et toute la partie supérieure de la maison tomba dans la rivière. L'enfant jeta un cri, sa grand'mère passa un bras autour de son cou :

— Tu n'as plus de toit pour te couvrir, mon petit, dit-elle; mais Dieu soit béni de ce que tu n'es pas là-dessous!

Madame des Abris attendait la mère Robert, et, pleine de reconnaissance de la voir en sûreté, elle ne se souvenait plus que le danger de la vieille femme était dû à son entêtement.

L'eau montait toujours; on voyait passer des moutons, des cages à poulets, des morceaux de bois emportés par le courant et qui descendaient de la montagne; mais on espérait que l'inondation s'arrêterait dans la vallée, et n'atteindrait pas les champs placés sur le côteau. Les blés de M. des Abris levaient toujours leur tête jaune sur la hauteur; les deux meules de foin qui restaient dans le pré étaient probablement arrivées deux ou trois lieues plus loin, disait Lucien.

Les enfants étaient si occupés de tous les gens qui remplissaient la maison, qu'ils n'avaient pas beaucoup de temps pour contempler les eaux qui couvraient tous les prés, tous les jardins, et qui entouraient toutes les petites maisons de la vallée. Juliette ne comprenait même pas toujours pourquoi les femmes pleuraient puisque leurs maris, leurs enfants et même leurs animaux étaient sauvés.

— Si vous saviez ce qu'il faudra travailler pour refaire tout ce que la rivière aura défait, mamz'elle, disait une des pauvres femmes à laquelle elle offrait cette consolation.

Et Juliette, qui n'avait jamais travaillé de sa vie, pensait qu'il serait assez amusant de replanter les potagers dont le torrent avait arraché tous les choux.

L'inondation avait commencé dans la nuit du vendredi au samedi, et on était au mercredi soir; madame des Abris venait de faire pétrir sa dernière fournée de pain, et elle était un peu inquiète de sa

voir comment elle se procurerait de la farine, lorsque
M. des Abris entra dans la cuisine où tout le monde
attendait le souper.

— L'eau a baissé! dit-il, remercions Dieu.

Et chacun se découvrit, pendant que le maître de
la maison rendait grâce à Celui qui tient dans ses
mains la terre et les eaux.

— Quel bonheur! dit Gaston, il n'y avait plus de
pain dans la maison, tout le monde serait mort de
faim !

HENRI.

Oh! non, on aurait mangé les moutons, les vaches,
les poulets ; j'aimerais bien à voir une inondation,
moi.

M. DE LUSSAC.

Si tu avais vu, comme moi, la dernière inondation
de la Loire, mon cher enfant, tu ne dirais pas une
pareille folie ; je ne connais rien de plus triste, parce
qu'il n'y a rien à faire.

12

PAULINE.

C'est plus triste qu'un incendie, papa?

M. DE LUSSAC.

Beaucoup plus, je trouve; en sacrifiant une partie d'une maison, on peut toujours isoler le feu, et d'ailleurs le mal s'étend sur une bien moins grande étendue et est plus facile à réparer; sais-tu qu'il y a des champs dans les environs d'Amboise qui sont encore, à l'heure qu'il est, couverts de trois ou quatre pieds de sable?

MADAME DE LUSSAC.

Sans compter ceux dont toute la bonne terre a été enlevée. Je trouve que c'est un des agréments de ce pays-ci de n'avoir aucune grande rivière pour nous jouer de ces tours-là!

GUILLAUME.

La Sale déborde quelquefois, maman.

HENRI.

Quelles belles inondations! trois gouttes d'eau dans le pré, et voilà tout.

M. DE LUSSAC.

Tu en parles bien à ton aise; quand j'ai mes foins

remplis de vase, je ne suis pas si dédaigneux. Maintenant que nous avons discuté l'inondation, laissez-
moi lire la *Revue des Deux-Mondes* et allez vous
coucher.

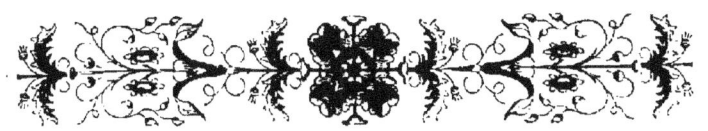

AOUT

HUITIÈME PROMENADE

M aman, est-ce que nous pouvons aller du côté des champs? demandait Henri à sa mère en relevant la tête et en feuilletant son dictionnaire. Je cherche mon dernier mot et je crois que mon analyse est très-bonne.

MADAME DE LUSSAC.

Tant mieux, car un grand plaisir se prépare pour

12.

vous cette après-midi; votre père a dit qu'il essaye-
rait sa moissonneuse et que nous pourrions aller la
voir, après le goûter.

HENRI.

Quel bonheur! Mais auparavant pourrons-nous
suivre le sentier au milieu du blé? Il me manque
plusieurs fleurs du mois d'août pour coller dans mon
album, et Françoise dit que nous les trouverons
dans le blé.

MADAME DE LUSSAC.

Les grands peuvent sortir avec miss Bessie; moi,
je garde les petits, ils iraient courir dans le blé, coucher ou casser les épis, et ils auraient ensuite affaire
à leur père.

PAULINE, à la porte.

Es-tu prêt, Henri? Maman permet-elle qu'on aille
dans les champs?

MADAME DE LUSSAC.

Oui, pourvu qu'on reste dans le sentier. Vous
verrez si les faucheurs sont là pour ouvrir le chemin
pour la moissonneuse.

PAULINE.

Comment! il faut ouvrir un chemin à cette machine? Quelle paresseuse!

MADAME DE LUSSAC.

Pas si paresseuse! tu verras quand ton père sera sur le siége. Mais tu comprends que les chevaux marcheraient dans le blé.

HENRI.

Oui, oui, partons. Miss Bessie est-elle prête?

PAULINE.

Elle nous attend avec Françoise au banc des til-leuls; courons la rejoindre.

— Nous vous avons peut-être impatientée, dirent les deux enfants en arrivant près de miss Bessie; mais maman nous racontait quelque chose et nous ne pouvions pas partir.

FRANÇOISE.

Oh! nous nous sommes amusées à regarder le garde-manger d'un oiseau. Miss Bessie dit que c'est une pie-grièche; en tous cas, c'est un oiseau très-méchant; il y a là, dans la haie, une provision de mouches, de scarabées, de vers; il y a même une petite souris, et tout cela est enfilé sur des épines; je suppose que c'est le dîner des petits.

HENRI.

Pourquoi les oiseaux ne feraient-ils pas des pro-

visions? Les chiens en font bien! Au printemps, tu te
souviens, quand on détachait Cybèle, elle allait tout
de suite dans le bois en courant comme une folle;
Camus a trouvé un jour, près de sa niche, un trou
recouvert de terre, il l'a ouvert et il y avait dedans
deux petits lapins étranglés. Pas plus tard qu'avant-
hier, papa a rencontré, dans une allée du bois, un
petit tas de feuilles, il a donné un coup de pied
dedans, et il y avait la moitié d'un lapin que quelque
chat sauvage conservait pour son dîner.

PAULINE.

Les chiens et les chats, encore passe; mais je n'aime
pas les oiseaux de proie. Avant-hier, j'ai vu un
milan qui planait au-dessus de la basse-cour; et,
quand on se dit que ces bêtes n'ont d'autre intention
que de venir tomber sur quelque pauvre petit poulet
pour l'emporter, on n'a plus aussi envie de devenir
oiseau qu'en écoutant un merle ou en voyant voler
un pigeon.

FRANÇOISE, riant.

Tu as envie de devenir oiseau?

PAULINE.

Pas pour toujours; mais, si je pouvais voler seulement une heure de temps en temps, comme cela
m'amuserait! Ce doit être si joli de fendre l'air, et

de ne pas toucher la terre. Henri, voilà un beau brin
de mouron rouge ; en as tu déjà?

HENRI.

Non, donne-le-moi ; comme les fleurs sont bien
ouvertes! Nous n'aurons pas de pluie. Faites bien attention : si vous voyez un agrostème, cueillez-le vite,
je n'en ai pas encore pu trouver un seul.

MISS BESSIE.

Ils ne fleurissent jamais qu'au moment où le blé
est presque mûr. Comme le champ a changé de
nuance depuis huit jours! Regardez donc! les tiges
sont jaunes presque jusqu'en haut, et voilà les têtes
qui se penchent! Quelle singulière différence de
couleur entre le blé rouge et le blé blanc!

FRANÇOISE.

C'est si joli! Il y a un peu de vent, le blé s'abaisse
et se relève comme les vagues de la mer.

HENRI.

De bien petites vagues! Des coquelicots, j'en ai,
des scabieuses, j'en ai, et d'ailleurs il n'y a pas
moyen de les sécher. Donne-moi donc cette jolie
guirlande de petits liserons lilas.

PAULINE.

Tiens, veux-tu un brin de *guélo?* Voilà une plante
qui n'est pas encore fanée.

HENRI.

Merci bien, j'en ai tant vu, il y a un mois, que j'ai
l'horreur du guélo, comme tu dis; le vrai nom, c'est
raifort sauvage.

FRANÇOISE.

Oui; mais, si nous parlions de raifort sauvage ici,
personne ne nous comprendrait. Je crois, moi, que
c'est l'ivraie de l'Évangile, qui pousse partout avec
le bon grain; il n'y a rien de si difficile que de se
débarrasser du guélo; je sais bien que tu dis que
le ray-grass est véritablement l'ivraie; mais c'est
une idée de savant, on a trop de peine à faire pousser le ray-grass.

PAULINE.

Regarde donc ce beau brin de chèvre-feuille : le
veux-tu? Il me semble que tu as oublié d'en cueillir
au printemps.

HENRI.

Je ne m'en souviens pas; mais donne toujours,
avec deux ou trois grands liserons blancs.

MISS BESSIE.

Voilà déjà la clématite passée; mais ces petites
perruques blanches sont presque aussi jolies que les
fleurs.

PAULINE.

Pourquoi donc cela s'appelle-t-il de l'herbe à gueux? c'est un vilain nom.

MISS BESSIE.

Parce qu'en se frottant avec les feuilles écrasées on se donne des boutons et même des plaies, tant le jus est mordant, et qu'autrefois les mendiants s'en servaient pour faire croire qu'ils étaient bien malades et se procurer ainsi des aumônes. Je vous accorde que les noms anglais valent mieux, on appelle la clématite la joie du voyageur ou la barbe de vieillard.

PAULINE.

A la bonne heure; j'espère d'ailleurs que personne n'a plus l'idée de ces vilains moyens de se faire donner de l'argent. Tiens, Henri, attrape ça!

HENRI.

Où as-tu trouvé cette boule? C'est de la bardane. En voilà une autre, juste dans tes cheveux.

PAULINE.

Et toi sur ta blouse. Comme cela s'attache! et ce n'est pas piquant pourtant.

HENRI.

Non, mais chaque brin est un peu velu. Voilà le sentier ouvert par les faucheurs, regarde comme ils ont tous l'air de mauvaise humeur.

FRANÇOISE.

Oui, maman a dit qu'à chaque nouvelle machine ils se figurent qu'on va leur ôter le pain de la bouche, et pourtant papa emploie bien plus de monde que tous nos voisins. J'entends un fouet et des chevaux, voilà papa, je parie.

HENRI.

Juste! papa est superbe sur son siège; il a Sophie et Marianne, ce sont les deux meilleures juments; mais je ne comprends pas ce qui va couper là-dedans.

FRANÇOISE.

Tu vois bien qu'il y a une lame de fer relevée, là de côté; papa l'abaissera tout à l'heure, je parie. Précisément; il y a une scie, voyez-vous? Ah! comme cela va vite!

HENRI.

Courons après. Comme le blé est bien arrangé, là, sur le côté! C'est fait comme par les faucheurs!

PAULINE, essoufflée.

Mieux que par les faucheurs s'ils n'avaient pas de releveuses. Mais papa va trop vite, j'ai un point de côté! Fais attention, Henri, ne te fais pas couper les pieds.

HENRI, toujours courant.

Je ne me mettrai pas devant. Bon, voilà Françoise qui s'arrête aussi. Ces filles n'ont pas de cœur!

M. DE LUSSAC, se retournant.

Henri, tu vas t'exténuer, va retrouver miss Bessie.

HENRI.

Oh! papa, encore un tour!

M. DE LUSSAC.

Restez un moment au bout du champ, vous me verrez passer.

HENRI.

Vous êtes content, n'est-ce pas, papa? ça va bien?

M. DE LUSSAC.

Très-bien, va-t'en.

13

HENRI, s'asseyant sur le bord du fossé.

Oh! comme il fait chaud! Papa aura bientôt coupé ce petit bout de champ. Pauline, Pauline, regarde donc cette perdrix qui se sauve, elle appelle ses petits; en voilà un à côté de toi, ne bouge pas, tu lui ferais peur!

PAULINE.

C'est la machine qui fait peur à cette pauvre petite; pourvu que papa ne leur coupe pas les pattes avec sa grande scie comme aux petits râles, dans les prés, avec la faucheuse.

HENRI.

Non, non, les perdrix volent un peu, mais les râles ne volent pas du tout. C'est égal, j'en ai bien sauvé cinq ou six, et comme ils étaient contents quand je les lâchais!

FRANÇOISE.

Voilà papa qui revient; il sera fatigué ce soir : il fait si chaud, et cette machine le secoue beaucoup.

MISS BESSIE.

Comme nous ne pouvons pas aider votre père, mes chers enfants, et qu'il fait en effet très-chaud

ici, je suis d'avis que nous allions retrouver votre
mère qui est là, de l'autre côté du champ.

PAULINE.

Maman a un petit panier, est-ce qu'elle nous
apporte à goûter?

FRANÇOISE.

Allons donc, c'est pour papa, le voilà qui s'arrête et il rit. Maman lui donne quelque chose, c'est
un abricot, et il en met deux autres dans ses poches:
si cela ne fait pas une compote, papa sera bien heureux, et puis maman tient encore une gourde. C'est
tout à fait comme les ouvriers; aussi papa a-t-il l'air
de s'amuser beaucoup. Maman, allez-vous rentrer
avec nous?

MADAME DE LUSSAC.

Certainement; je crois que, si on regardait bien,
les fourmis elles-mêmes doivent avoir des parasols
aujourd'hui. Il fait étouffant. Oh! la belle avoine! il
y a huit jours que je n'étais venue ici, et il me
semble qu'elle a encore grandi.

HENRI.

Surtout l'avoine de Pologne, maman; seulement,
voyez-vous, toutes les fois que je trouve un épi noir

comme celui-là, je l'arrache, parce que je crois que c'est contagieux.

MADAME DE LUSSAC.

Fais bien attention de ne pas secouer la poussière noire sur les autres épis, ce serait encore pis.

HENRI.

Oh! oui, maman, je prends l'épi tout entier dans ma main et je le serre bien, rien ne s'échappe, je vous assure.

MADAME DE LUSSAC.

A la bonne heure. Voilà les petits qui reviennent de faire aussi une visite à la moissonneuse avec leur bonne. Allons manger des abricots; on ne porte pas à tout le monde son goûter dans les champs.

PAULINE.

Ah! c'est que tout le monde ne travaille pas comme papa.

MADAME DE LUSSAC.

Il y a dans ce moment-ci à Paris des gens qui travaillent bien, et qui ont bien chaud.

HENRI.

Qui donc, maman?

MADAME DE LUSSAC.

Les élèves des collèges au concours.

HENRI.

En attendant que j'aille les rejoindre.

MADAME DE LUSSAC.

Il faut être dans les bons élèves pour être admis au concours. Oh! quand j'étais petite, comme cela m'occupait!

PAULINE.

Mais vous étiez une grande fille, maman, quand mon oncle allait au concours; vous avez quatre ans de plus que lui.

MADAME DE LUSSAC.

Oui, mais mon cousin Anatole, qui est plus âgé que moi, y allait déjà depuis plusieurs années, et je partageais toutes les inquiétudes d'Eulalie. Je n'oublierai jamais l'année où il a eu le premier accessit d'histoire.

FRANÇOISE.

Maman, vous ne nous avez jamais raconté cela; est-ce que vous ne pourriez pas nous dire cette histoire ce soir, pendant que nous serons assis devant la maison?

MADAME DE LUSSAC.

Nous verrons cela, si ton père n'est pas trop
fatigué et si notre babil ne l'ennuie pas. Ah! comme
il fait bon ici! je ne suis décidément pas faite pour
vivre en Afrique. Tenez, mes enfants, voilà vos
abricots; dépêchez-vous de goûter pour vous remettre à l'ouvrage.

La fraîcheur du soir avait rendu un peu de force
à M. de Lussac, qui était rentré épuisé de fatigue,
mais si content du succès de sa machine, qu'il ne
s'inquiétait guère de sa journée de rude travail en
plein soleil, avec la perspective de recommencer le
lendemain et tous les jours de la semaine suivante.
Aussi, lorsque les enfants lui demandèrent timide-
ment, après le dîner, s'il était trop fatigué pour
écouter maman raconter une histoire, se mit-il à
rire en disant que ce serait au contraire une manière charmante de se reposer.

HENRI.

Maman, papa dit qu'il aime beaucoup les histoires, et que celle du Grand Concours l'amusera beaucoup.

MADAME DE LUSSAC.

Vous vous souvenez bien de mon cousin Anatole à
vingt ans, mon ami; il avait l'air dans ce temps-là

fort peu occupé de ses études ; mais, à douze ans, ce
n'était pas la même chose, et Eulalie seule s'intéressait plus que lui aux prix et aux couronnes.

M. DE LUSSAC.

Pauvre Eulalie ! elle est toujours la même ; les affaires de son frère la préoccupent plus que les siennes propres.

MADAME DE LUSSAC.

Ce qui fait que les siennes ne sont pas toujours
bien faites ; mais, il y a vingt-cinq ans, elle n'avait
pas d'affaires, ni moi non plus, et celles d'Anatole
nous intéressaient fort. Voici donc mon histoire
comme ma tante de Saint-André me l'a souvent racontée :

LE GRAND CONCOURS

Ma tante était à Paris, dans son appartement de la
rue du Faubourg-Saint-Honoré. Toutes les persien-
nes étaient fermées, mais la chaleur n'en était pas
moins étouffante.

— Quand donc ces compositions seront-elles finies? demandait en soupirant Eulalie en regardant
par la fenêtre.

Elle attendait son frère, qui allait arriver revenant
du grand concours. Les rues de Paris étaient pleines
de poussière, de passants qui s'essuyaient le front et
de marchands qui poussaient de petites charrettes
pleines de bouquets flétris. Eulalie pensait aux jolies fleurs de la Charmille, la maison de campagne
de sa mère, aux grands prés verts, aux blés qu'on
coupait, et elle aurait voulu prendre son frère sous
le bras, sauter dans une voiture de chemin de fer, et
s'en aller avec lui bien loin de Paris, des compositions et du collége.

Sa mère en pensait peut-être autant, mais elle n'en
disait rien ; elle remontait le courage d'Anatole, toujours convaincu qu'il avait fait la plus mauvaise version grecque qu'il eût jamais faite de sa vie, et qu'il
aurait fait griller tout le monde jusqu'au 12 août
sans être même nommé. Pour le moment, levant
les yeux de la lettre qu'elle écrivait, elle dit seulement :

— Eulalie, si tu faisais quelque chose, tu aurais
beaucoup moins chaud et tu prendrais plus aisément
patience.

EULALIE.

Patience... peut-être, maman; mais j'aurais bien
plus chaud si je travaillais. Il me faudrait remuer le
bras pour écrire ou pour coudre, et puis penser à
ce que je ferais, et tout cela m'échaufferait.

MADAME DE SAINT-ANDRÉ.

Veux-tu que je te dise ce que tu as fait depuis
cinq minutes? Tu étais assise sur le canapé avec les
deux pieds sur ma petite chaise de tapisserie, ce qui
ne lui valait rien; tu t'es levée pour aller à la fenêtre; tu as essayé de soulever la jalousie; tu n'as pas
pu en venir à bout, mais tu t'es rempli les mains de
poussière; alors tu t'es essuyée à ton tablier; tu es
retournée au fond de la chambre; tu as pris ta poupée dans son lit; tu l'as recouchée et tu es retournée
à la fenêtre en montant sur un tabouret pour voir
dans la rue. Je te demande si tout cela ne t'a pas
échauffée davantage que de lire les *Contes dans un
nouveau genre* ou de faire un tour à ton bas?

EULALIE, souriant.

C'est vrai, maman; je ne croyais pas m'être donné
tant de mouvement. Je vais prendre un livre : seulement, je puis me mettre à côté de la fenêtre,
n'est-ce pas?

MADAME DE SAINT-ANDRÉ.

Oui, et, comme il est cinq heures, je ne doute pas

13.

que ton frère ne soit bientôt là. Il a dû souffrir infiniment plus que toi de la chaleur; nous allons faire
reposer ce pauvre garçon. Et ton père, qui a été aujourd'hui aux quatre coins de Paris pour une affaire,
doit être bien fatigué aussi.

EULALIE, après un moment de réflexion.

Maman, si les femmes s'ennuient quelquefois,
elles ont aussi bien moins de peine que les hommes.

MADAME DE SAINT-ANDRÉ.

Je ne suis pas du tout de ton avis; d'abord, si les
femmes s'ennuient, ce sont des sottes, parce qu'il y
a vingt manières de s'amuser et de s'occuper. Et
puis, quand les hommes rentrent, ils se reposent;
mais les femmes ont toujours quelque chose à faire.
Il y a un proverbe anglais qui dit : « L'ouvrage de
l'homme est d'un soleil à l'autre, mais l'ouvrage de
la femme n'est jamais fini. »

EULALIE.

C'est vrai, cela; mes leçons sont très-souvent en
retard, et je n'ai jamais fini.

MADAME DE SAINT-ANDRÉ.

Le proverbe n'est pas fait pour les paresseuses;
cela veut dire que, lorsqu'on a levé les enfants, il
faut leur donner des leçons, ou, quand on est pau-

vre, leur faire la cuisine et laver leur linge, et qu'une fois qu'on les a couchés, au lieu de se coucher aussi, il faut raccommoder leurs habits. Tiens, voilà qu'on sonne ; c'est Anatole : va ouvrir.

Eulalie ne se le fit pas dire deux fois, et revint en s'appuyant sur le bras de son frère, qui lança sur une table son paquet de livres et le filet qui contenait le matin ses provisions, en disant :

— Enfin, je n'en ai plus que pour deux jours! Si j'ai quelque chose pour cette composition d'histoire, les professeurs seront de fameux ânes !

MADAME DE SAINT-ANDRÉ.

Quel sujet avais-tu?

ANATOLE.

Ah! rien de bien difficile : la rivalité d'Octave et d'Antoine. Seulement j'avais tout oublié, et, en revenant, je me suis rappelé toutes sortes de choses que j'aurais dû mettre et que je n'ai pas mises.

EULALIE.

C'est égal, je suis sûre que c'est très-bien ; et puis, pense donc, Anatole, dans huit jours nous serons à la Charmille. Ah! que ce sera joli! On a écrit à papa que le blé était très-beau ; seulement, il n'y a pas de bleuets cette année : c'est bien dommage!

ANATOLE.

Ce n'est pas malheureux pour les blés, petite folle! Qu'est-ce que tu as fait aujourd'hui?

EULALIE.

Je me suis ennuyée, et maman dit que c'est ma faute.

ANATOLE.

Moi, je ne me suis pas ennuyé, je me suis impatienté, ce qui était probablement ma faute aussi, parce que je ne trouvais pas ce que je voulais dire et que je voyais à côté de moi Bourgeois qui écrivait, qui écrivait comme si sa plume allait toute seule! C'était enrageant à voir!

MADAME DE SAINT-ANDRÉ.

Maintenant que tu t'es épanché, va te débarrasser de toute cette poussière avant de dîner; tu te coucheras de bonne heure, puisque tu dois repartir à cinq heures, demain matin.

EULALIE.

Oh! maman, avant de me coucher, est-ce que je pourrai arranger son filet et mettre ses provisions dedans?

MADAME DE SAINT-ANDRÉ.

Si tu veux; seulement, ne remplis pas sa gourde, parce que sa bière serait chaude.

EULALIE.

Anatole; je t'avertis qu'il y a un petit pâté, tout petit, mais très-gentil; j'ai vu le pâtissier qui l'apportait, et maman a dit que ce serait très-commode pour mettre dans ton filet.

ANATOLE.

Quand mon ouvrage va bien, j'ai très-faim; mais, quand c'est comme aujourd'hui, je commence à manger de bonne heure pour me consoler, et à onze heures je n'ai plus faim du tout.

MADAME DE SAINT-ANDRÉ.

Si tu n'as pas faim pour le diner, tant pis; mais, comme ton père a faim, fais-moi le plaisir d'aller t'habiller.

A peine le diner achevé, Eulalie courut à l'office pour chercher le petit pâté, du pain et un morceau de saucisson: puis elle enveloppa chaque objet séparément dans du papier blanc, en y ajoutant la moitié d'un bâton de sucre de pommes, qui lui appartenait et qui courait grand risque d'arriver un peu fondu à la Sorbonne. Elle avait bien envie de mettre aussi des gâteaux, mais sa mère permit seulement un tout petit panier fermé rempli de cerises.

— Voilà tes provisions, Anatole, dit la petite fille avec un soupir de satisfaction ; j'espère que tu auras bien faim demain, parce que ce sera. la preuve que tu auras bien travaillé et que tu as un très-bon déjeuner.

Le lendemain, Anatole était un peu moins abattu ; il croyait son thème latin assez bon ; mais, comme le disait son père, il lui était plus difficile de s'apercevoir des fautes. Enfin, le samedi, les compositions étaient finies ; il était temps : Anatole s'endormait à dîner tant il était fatigué, et sa mère l'envoya coucher en sortant de table. Le lendemain, à huit heures, il n'était pas réveillé.

— Maman, Anatole dort encore, dit Eulalie en entrant chez sa mère sur la pointe des pieds ; je fais tout ce que je peux pour empêcher qu'on ne le réveille ; mais le porteur d'eau fait tant de bruit en vidant ses seaux, et Manon a fermé deux fois la porte si fort que je pense bien qu'il ne pourra plus dormir.

MADAME LE SAINT-ANDRÉ.

Après douze heures de sommeil, il doit être reposé ; va-t'en le réveiller. Nous déjeunerons de bonne heure pour aller à l'église à pied.

Anatole ne se ressentait plus des fatigues qui inquiétaient tant sa petite sœur ; et, pendant les huit jours qui s'écoulèrent avant la distribution des prix, il alla faire avec son père plusieurs visites dans les environs de Paris, qui augmentèrent encore son désir de partir pour la Charmille ; il était si convaincu qu'il n'aurait rien au concours, qu'il eût voulu s'en aller avant la distribution des prix. Mais Eulalie avait bon espoir : et d'ailleurs, disait-elle, il y a toujours le collége, où tu es sûr d'avoir des prix. Alors Anatole faisait le faquin et disait qu'il ne se souciait pas des prix du collége, ce qui lui valait les moqueries de son père.

Les professeurs du lycée Bonaparte disaient qu'Anatole devait être nommé au concours, mais ils ne savaient rien de positif ; aussi l'émotion fut-elle grande lorsque la veille de la distribution on vit arriver une carte d'admission pour le concours.

— Anatole a quelque chose, c'est bien sûr, maintenant, disait Eulalie, bien instruite des habitudes du concours, et qui savait qu'on n'envoie des billets qu'aux parents des élèves nommés.

Aussi dès le matin, le petit chapeau garni de rubans roses, le petit mantelet blanc, l'ombrelle verte, étaient-ils soigneusement étalés sur le lit de la petite fille qui, à huit heures du matin, tourmentait sa mère pour s'habiller.

— Les portes ne sont ouvertes qu'à midi, disait celle-ci.

EULALIE.

Oui, mais il faut être à la porte à midi pour avoir une bonne place et pour bien voir Anatole. Oh! maman, je voudrais bien savoir ce qu'il a! je suis sûre que c'est un prix!

MADAME DE SAINT-ANDRÉ.

Je l'espère, mais je n'en suis pas aussi sûre que toi. Nous saurons dans quelques heures à quoi nous en tenir. Va-t'en voir si Anatole est prêt.

Anatole cherchait à se donner un air dégagé, comme s'il ne se souciait ni des accessit ni même des couronnes; mais il était pâle et sa voix était un peu étranglée quand on entra à la Sorbonne. Il alla rejoindre ses camarades, et madame de Saint-André avec son mari et sa fille attendirent l'ouverture des portes. Eulalie avait tant pressé tout le monde, qu'il n'était que onze heures et demie.

Enfin on était dans la salle; bien des mères, bien des pères, bien des petites sœurs et des frères entraient en même temps qu'Eulalie. On n'entendait dans les tribunes que des noms de grands ou de petits garçons; tout le monde attendait impatiemment l'entrée des élèves. Enfin la grande porte s'ouvrit, et une foule de collégiens, les uns en uniforme, les autres en veste ou en habit; les uns grands, les autres petits, les uns pâles et fatigués, les autres frais et roses comme s'ils n'avaient jamais travaillé, envahirent les bancs et remplirent la salle. En dépit du silence de rigueur, on entendait bien des murmures, des voix, des chuchotements, et dans les tribunes chacun cherchait le collégien en l'honneur duquel on était venu. Eulalie, à demi-levée sur son banc, parcourait toute la salle des yeux.

— Voilà Anatole! s'écria-t-elle, si haut que sa mère la tira par le bras et que tous les petits garçons assis sous la tribune se retournèrent. Anatole devint tout rouge, et fit à sa sœur un signe de la main, moitié affectueux, moitié fâché.

Voilà les huissiers qui entrent, et derrière eux M. le Ministre de l'instruction publique en uniforme, les professeurs avec leurs robes jaunes, d'autres avec des robes noires. Tous les grands personnages s'asseoient, et les enfants qui ont crié : Bravo! se taisent maintenant.

— Maman, c'est bien beau, mais c'est un peu long ce discours, dit tout bas Eulalie au milieu du discours du ministre. Je voudrais qu'on en vînt aux prix.

MADAME DE SAINT-ANDRÉ.

Tu n'as pas fini, il y a un discours latin auquel tu ne comprendras rien, et toutes les grandes classes passent les premières, nous sommes loin de la quatrième.

EULALIE.

C'est égal, je serai bien aise de voir les autres mamans et les autres petites filles contentes.

Tout a une fin en ce monde, on arriva à appeler les élèves nommés, et, à mesure qu'Eulalie voyait emporter les piles de livres, elle commençait à craindre qu'il n'en restât plus pour Anatole. Elle n'avait pas besoin de s'inquiéter; quand on en vint à la quatrième, les différentes *facultés*, comme disait Anatole, furent nommées. On appela les élèves et le nom de Saint-André n'arrivait pas, il ne restait plus que l'histoire, et Eulalie n'avait pas d'espérance là-dessus. Ses yeux se remplissaient déjà de larmes quand, après les prix, elle entendit nommer :

— Premier accessit, Saint-André, de Paris.

Ce fut un moment de grande joie, les camarades d'Anatole l'applaudirent, mais Eulalie ne se consolait pas de voir les livres et les couronnes disparaître sans qu'il y eût rien pour son frère. En regardant Anatole, elle vit bien qu'il ne se consolait pas non plus.

— On ne devrait pas envoyer des billets aux parents des élèves qui n'ont pas de prix, disait-elle en sortant; ou du moins on devrait savoir qu'on n'a pas de prix; je suis sûre qu'Anatole a eu du chagrin de ne pas avoir un seul de ces beaux livres.

Sa mère était du même avis, et, quand son fils fut rentré, elle essaya de lui faire comprendre qu'il avait tort de se désoler d'un échec qui arrivait souvent, même aux très-bons élèves.

— Si j'avais eu cet accessit en thème au moins! répétait-il; mais je crois que c'est parce que je ne savais pas un mot de ce qu'on nous demandait en histoire qu'on m'a nommé.

— Ceci me paraît peu probable, dit M. de Saint-André en souriant. Et il se mit à parler d'autre chose.

Le lendemain les livres et les couronnes abon-
daient au collége, et Eulalie eut pleine satisfaction
en voyant son frère revenir à tout moment les mains
pleines. Mais Anatole ne se consola qu'en montant
en chemin de fer, et mieux encore en arrivant à la
Charmille. A la première vue de la maison, il oublia
le concours, les thèmes latins, les examinateurs,
et, s'élançant hors de la voiture, il courut dans le
jardin avec Eulalie, pour voir si leurs arbustes
avaient grandi.

HENRI.

Oh! bien, moi, je ne serai pas si difficile que mon
cousin Anatole, maman; si je pouvais seulement être
sûr d'avoir un premier accessit au grand concours
tous les ans, je serais bien content.

M. DE LUSSAC.

Tu ferais bien d'être content; mais, pour avoir des
accessit, il faut chercher à avoir des prix.

FRANÇOISE, riant.

Et d'ailleurs, nous serons peut-être plus ambi-
tieuses que toi.

SEPTEMBRE

—

NEUVIÈME PROMENADE

epuis huit jours, M. et madame de Lussac et leurs enfants étaient établis au bord de la mer; on avait décidé que les récoltes étant finies de bonne heure, il fallait aller passer une quinzaine de jours à Villers. Françoise avait demandé pourquoi on n'allait pas à Trouville; mais sa mère s'était mise à rire en demandant si elle croyait qu'on pût em-

mener sept enfants à Trouville, quand on faisait de
l'agriculture.

— A Villers, à la bonne heure, le luxe n'y est
pas encore bien grand, et les jours où on ne pourra
pas se procurer de bœuf, nous mangerons des
pommes de terre et des moules.

Pauline, qui n'aimait pas les moules, avait fait la
grimace; mais elle espérait que le bœuf ne serait pas
si rare à Villers que sa mère le disait.

Par le fait, Villers était déjà sorti de sa première
enfance, et on y trouvait un magasin de papiers
peints pour se consoler de la difficulté qu'on éprou-
vait quelquefois à se procurer du poisson. Les barques n'étaient pas nombreuses et ne pouvaient pas
s'éloigner beaucoup de la côte, ce qui faisait qu'on
en était quelquefois réduit aux chiens de mer, au
grand scandale de Guillaume, qui trouvait ce poisson affreux à voir et détestable à manger. Par bonheur, les enfants s'étaient pris de passion pour une
recherche qui dégoûtait un peu leur mère, sans
qu'elle en dit rien, celle des zoophytes ou animaux
de mer. Aussi, un jeudi, tourmentaient-ils leur père
pour aller faire une longue promenade jusqu'aux
rochers qu'on voyait dans le lointain et qui devaient
à leur avis être remplis d'anémones et d'étoiles de
mer.

— Papa, je vous en prie, disait Henri, je vous assure que je leur ai arrangé une si jolie maison dans la petite cuve qu'on avait donnée à maman pour savonner !

M. DE LUSSAC.

Et comment ta mère fait-elle savonner ?

HENRI.

Maman ne savait pas qu'elle trouverait une cuve ici, et elle avait apporté un baquet de chez nous. Elle nous a laissé la cuve, et j'ai mis au fond une grosse pierre pour faire un rocher, et nous avons pris de l'eau quand la mer était haute, nous avons fait vingt voyages au moins avec nos arrosoirs, maintenant la cuve est pleine, tout est prêt, et je n'ai rien à mettre dedans !

M. DE LUSSAC.

Puisque tu t'es donné tant de peine, je vous emmène. Qui est-ce qui veut venir ?

HENRI, GUILLAUME, PAULINE ET CATHERINE.

Moi, moi, papa !

M. DE LUSSAC.

Et toi, Françoise ?

FRANÇOISE.

Oh! moi, papa, je n'aime pas beaucoup ces bêtes, je reste avec maman, si ça vous est égal.

GASTON.

Moi, je reste avec maman et Françoise.

GUILLAUME.

D'abord, nous allons trop loin pour toi, petit bout d'homme.

GASTON.

Tu n'es pas un beaucoup plus grand bout que moi, n'est-ce pas, maman?

MADAME DE LUSSAC.

Il y a cependant une différence. Nous irons jusqu'à la grande bruyère pour chercher des fleurs qui vaudront bien vos bouquets vivants.

FRANÇOISE.

Et on ne sera pas obligé de leur donner à manger des méduses.

M. DE LUSSAC.

Enfants, avez-vous de bons souliers? prenez un panier parce que je ne veux pas rapporter ces bêtes dans ma poche.

HENRI.

Il nous faut aussi un bol à remplir d'eau, elles mourraient en chemin si on les mettait à sec dans le panier.

M. DE LUSSAC.

Alors vous vous arroserez en revenant. Regardez la mine d'horreur que fait votre mère. N'importe, si vous salissez vos habits, on les lavera ; il me semble que tout cela n'a pas grande valeur.

MADAME DE LUSSAC.

Heureusement. Pauline, je te charge des sand-wichs ; seulement ayez soin de les manger avant de mettre des bêtes dans votre panier.

M. DE LUSSAC.

Oui, oui, je vous en réponds ; en marche, la mer se retire, mais nous n'avons pas de temps à perdre, nous allons loin.

GUILLAUME.

Vous ne savez pas, papa, ce matin, en faisant une fortification en sable sur la plage, j'ai remarqué une chose, c'est que c'est toujours la neuvième vague qui va le plus loin quand la mer monte.

14

M. DE LUSSAC.

Tu crois? mais il me semblait que la cinquième, la sixième, la septième, avançaient tout de même.

GUILLAUME.

Elles avancent toutes, papa; mais la neuvième fait une beaucoup plus grande enjambée que les autres, comme si c'était le papa des huit petites vagues.

M. DE LUSSAC.

Pauvre vague! elle a un enfant de plus que moi! Avançons, avançons, il fait chaud, mais nous approchons des rochers et nous mangerons nos sandwichs avant de faire la chasse aux actinies.

PAULINE.

Comment dites-vous, papa? ac... acti...

M. DE LUSSAC.

Actinies, c'est le nom savant de vos animaux favoris. Ah! voilà un beau couteau, ramasse-le, Pauline, tu pourras en faire une pelote.

PAULINE.

Oui, maman m'a appris l'autre jour; mais la coquille n'était pas si belle que celle-ci. Ce sera pour miss Bessie, et j'y mettrai mon beau morceau de soie bleue. Mais regardez donc, papa, quelle grosse coquille! La bête qui est dedans n'a pas l'air de la remplir.

M. DE LUSSAC.

Non; je crois que c'est un crabe ermite, ils ne prennent pas la peine de se bâtir une maison, et ils s'établissent dans la première coquille qu'ils rencontrent. En voilà un autre.

CATHERINE.

Ils sont deux, papa, ils se battent; oh! quelle drôle de chose, il y en a un qui ne peut pas entrer et qui pousse l'autre pour le faire sortir! mais le premier est le plus fort, l'autre s'en va, je pense qu'il va chercher une coquille pour lui tout seul, plus grande que celle qu'il a.

GUILLAUME.

Moi, j'ai trouvé deux petites coquilles doubles bien jolies; regardez comme elles sont polies et brillantes, et puis voilà une herbe marine très-belle; je crois que maman n'a pas encore celle-là; nous la lui porterons pour la faire sécher.

PAULINE.

Tiens-la à la main, pour le moment; nous n'avons

pas encore goûté. Papa, nous voilà aux rochers. Pouvons-nous manger?

M. DE LUSSAC.

Oui, oui ; mais avez-vous pensé à apporter un couteau d'argent pour détacher vos animaux?

PAULINE, d'un air triomphant.

Oui, papa, j'ai le couteau à deux lames que vous m'avez donné à mon anniversaire.

M. DE LUSSAC.

Tu ne me le prêteras pas par la suite pour peler mes poires, voilà tout. Tenez, voilà déjà une anémone violette, elle est tout ouverte au soleil, pauvre bête, comme vous allez la tourmenter!

HENRI.

Oh! papa, elle sera très-bien dans sa cuve, je vous assure. Je vais prendre de l'eau dans ce creux pour remplir mon bol. Ah! elle est fermée maintenant, mais elle se rouvrira à la maison.

PAULINE.

Moi, je n'ai trouvé encore que des étoiles de mer, mais j'en ai six. Dans quoi mettrons-nous les méduses et qui est-ce qui les prendra?

GUILLAUME.

Oh! nous n'avons qu'à les mettre dans mon mouchoir; elles ne meurent pas tout de suite hors de l'eau. Tiens, Catherine, tu as encore ta petite cuiller pour le sable suspendue au bras, nous prendrons les méduses avec.

CATHERINE.

Pourvu que je n'y touche pas, ça m'est égal; j'aime bien les anémones, les orties, les étoiles de mer, mais je ne peux pas souffrir les méduses, c'est heureux que ce soit pour le dîner des autres bêtes. Voilà une ortie, mais elle n'est pas très-jolie, elle ressemble à celles que nous avions trouvées près de la maison.

PAULINE.

Henri, Henri, viens voir cette anémone bleue avec le corps rouge. Ah! que c'est beau! je ne l'avais jamais vue, et à côté en voilà une toute tachetée, elles ont bien faim, regardez comme elles ouvrent leurs bouches!

CATHERINE.

Tu appelles ce trou leur bouche, moi, je ne vois pas bien leur tête, mais c'est égal; en voilà une qui n'a que la moitié de ses pattes!

14.

M. DE LUSSAC.

Il lui sera arrivé quelque accident ; mais elles repousseront, sois tranquille.

GUILLAUME.

Comme ce serait commode pour les soldats si leurs bras et leurs jambes pouvaient repousser quand ils les perdent à la guerre !

M. DE LUSSAC.

Oui, mais le bon Dieu, qui nous a donné une existence plus agréable qu'aux anémones de mer, n'a pas jugé à propos de nous accorder ce privilège.

PAULINE, tout bas.

Et puis, il nous a donné une âme à sauver.

M. DE LUSSAC.

Et il a bien voulu la sauver pour nous, en nous donnant son Fils, ma chère enfant ; pense combien sa miséricorde est infinie, puisque l'Écriture dit qu'elle est par-dessus toutes ses œuvres.

PAULINE.

Et ses œuvres sont bien belles, papa, même les anémones de mer.

M. DE LUSSAC.

Tiens, en voilà une qui mérite le compliment, je crois que c'est le grand œillet ; quel beau blanc ! Détache-la doucement ! Combien en avez-vous en tout ?

HENRI, comptant.

Treize anémones et dix étoiles de mer. Ce sera bien assez pour remplir la cuve.

M. DE LUSSAC.

Je crois bien ; allons-nous-en maintenant, et de la prudence, si nous ne voulons pas renverser notre bol !

CATHERINE.

Papa, regardez donc la belle collection d'os de sèche pour nos serins !

M. DE LUSSAC.

Mais ils ont de quoi aiguiser leur bec pendant dix ans au moins.

CATHERINE.

Ah ! je ne sais pas quand nous reviendrons au bord de la mer. Henri, fais attention, il y a de l'eau qui coule du panier.

HENRI.

Oh! ce n'est rien. C'est seulement ce qu'on avait mis avec les méduses. Oh! voilà une armée de petits crabes qui vont du côté des rochers! Comme ils marchent absurdement!

CATHERINE.

Ils marchent comme ils peuvent, peut-être trouvent-ils que nous marchons très-mal. Papa, qu'est-ce qu'il y a donc là-bas en mer?

M. DE LUSSAC.

Je crois que ce sont des marsouins; je n'en avais jamais vu si près de la côte; savez-vous que les Chinois les appellent des cochons de mer; ils aiment beaucoup à monter et à descendre sur les vagues, et ils ont toujours l'air d'être essoufflés en jouant, mais dépêchons-nous, la mer monte. Allons voir si votre mère a rapporté des fleurs aussi curieuses que nos bêtes.

Madame de Lussac rentrait au moment de l'arrivée de son mari et de ses enfants. On se hâta de lui faire admirer les nouveaux trésors; elle consentit à dire que ce serait peut-être joli quand on verrait les couleurs; mais toutes les pauvres bêtes étaient repliées, et on se dépêcha de les porter dans la cuve avec une provision de méduses pour leur diner, à la grande indignation de Suzon, la vieille cuisinière, qui menaçait, à tout moment, les enfants de jeter toutes ces horreurs, et de bien nettoyer la cuve pour la rendre à la propriétaire.

Lorsque Pauline entra dans le salon, elle trouva Françoise occupée à faire un énorme bouquet de campanules bleues qu'elle arrangeait dans un vase de grès acheté à Villers. Une botte de bruyères roses à grappes et de petites bruyères qui ressemblaient à des fleurs de cire, étaient déjà placées dans un autre vase. Dans une soucoupe, une provision de mûres et de myrtilles attendait les pêcheurs.

— C'est Gaston qui a ramassé les mûres, dit Françoise, mais c'est maman qui les a apportées, en sorte qu'elles ne sont pas abîmées, je n'ai jamais vu tant de myrtilles. Seulement, tu ne sais pas ce qui est arrivé à Gaston là-bas?

PAULINE.

Non; il ne s'est pas fait de mal?

FRANÇOISE.

Non, mais il a eu bien peur! Il s'est assis à côté de maman, sur une toute petite butte bien verte, et puis, tout d'un coup, il a senti quelque chose qui piquait ses jambes nues; c'était une armée de four-

mis! Il était juste au milieu d'une fourmilière!
Alors, nous avons vu qu'il y en avait des quantités,
et maman, après avoir bien épousseté Gaston, a dit
qu'il fallait revenir. Sans cela, ce pauvre petit, qui
ne regarde jamais où il va, serait devenu la proie des
fourmis.

PAULINE.

Êtes-vous revenues par le bord de la mer?

FRANÇOISE.

Oui, nous nous sommes arrêtées un peu; on dé-
chargeait les barques, et tu sais que Gaston a la ma-
nie de rejeter à l'eau les tout petits poissons que les
pêcheurs laissent de côté. Il y en avait beaucoup
aujourd'hui, en sorte qu'il était bien content, plus
que les pêcheurs qui disaient n'avoir pris que du
fretin. Allons, voilà mes fleurs arrangées; j'espère
que mon bouquet est joli!

PAULINE.

Tu verras le nôtre demain, quand nos fleurs seront
ouvertes; je t'assure qu'elles ne sont pas à dédaigner.
Vous n'avez pas vu si les noisettes commençaient à
mûrir?

FRANÇOISE.

Des noisettes? Est-ce qu'il y a des noisettes dans

la bruyère? Tu crois toujours être chez nous. Peut-
être maman y pensait-elle aussi, car elle a raconté
à Gaston une superbe histoire de noisettes pendant
que nous étions assis dans la bruyère.

PAULINE.

Avant l'aventure des fourmis?

FRANÇOISE.

Oui, oui, pendant que nous goûtions. Appelle Catherine et Guillaume, s'ils veulent venir, je vais vous
raconter l'histoire de maman avant le dîner, nous
avons encore le temps.

Françoise racontait très-bien, en sorte que tout le
monde vint à l'appel, et, une fois qu'on fut installé
sur un banc devant la maison, la petite fille commença ainsi :

LES NOISETTES

La petite Élisabeth Maller était malade; elle passait sa vie sur un canapé, mais suivait avec intérêt

tout ce qui se passait dans le bois, dans les champs,
dans le jardin, et elle était bien au courant, parce
que ses deux frères ne manquaient pas une occasion
de lui rapporter toutes les fleurs et tous les fruits
qu'ils pouvaient trouver, en lui racontant tout ce
qu'ils avaient vu pendant leur promenade.

— Je voudrais bien savoir quand les noisettes seront mûres, dit un matin Élisabeth en soulevant avec
peine sa petite tête pâle.

— Je crois qu'elles seront bientôt mûres, dit Albert; j'en ai déjà trouvé une ou deux tombées à
terre et séparées de leur enveloppe verte.

FRANÇOIS.

Alors, elles sont mûres, et il faudra nous dépêcher
de les cueillir, sans quoi nous n'en aurons pas une;
en allant à l'école et en revenant, les enfants pren-
dront tout.

ÉLISABETH.

Oh! ça m'est égal; je suis bien aise qu'ils puissent avoir quelque chose dans le bois, ces pauvres
petits : leurs mères n'ont pas tant de fruits à leur
donner!

ALBERT.

Oh! voilà le moment des pommes qui arrive, et

tout le monde aura des fruits; on mange déjà une belle quantité de poires. J'ai rencontré hier Jean Lecoq; pour sa part il en tenait une dans chaque main, et la queue d'une troisième sortait de sa poche.

FRANÇOIS.

D'ailleurs les mûres vont arriver; toutes les fleurs se sont fanées, et il y a partout des petites mûres vertes sur les ronces.

ÉLISABETH.

Alors, quand pourrez-vous aller commencer notre provision de noisettes?

ALBERT.

Je vais demander à maman; peut-être cette après-midi. Mais dans quel panier les mettrons-nous? celui de l'année dernière est cassé ou perdu.

— J'y ai pensé, moi, dit Élisabeth.

Et, se baissant par un effort qui la fit péniblement rougir, elle attira à elle un petit panier caché sous le canapé. C'était une espèce de corbeille à deux anses, facile à porter entre ses deux frères.

— C'est moi qui ai voulu un panier fait comme cela, dit-elle, parce que... parce que vous vous dis-

15

putiez toujours pour porter le panier, et, cette fois, vous serez obligés d'aller ensemble.

ALBERT, l'embrassant.

Tu es une bonne fille; tu as toujours de bonnes idées.

François était un peu fâché. Élisabeth n'avait que faire de se mêler de ses querelles avec Albert, pensait-il; et, si sa sœur eût été bien portante, il est probable qu'elle n'eût pas échappé sans un mot piquant, ou même sans une tape. Mais les deux garçons étaient accoutumés à traiter Élisabeth comme quelque chose de délicat et de précieux qu'on ne brusquait jamais, et François se contenta de sortir de la chambre d'un air un peu boudeur.

— Il n'est pas content, ce pauvre François, dit Élisabeth; je ne voulais pas lui faire de la peine, mais tu sais bien que l'année dernière il voulait toujours porter le panier, et toi aussi; alors j'ai dit qu'il fallait deux anses cette année.

ALBERT.

Tu avais bien raison. François ne grognera pas longtemps. Veux-tu que je te lise quelque chose? Tu as l'air fatigué.

ÉLISABETH.

Oh! ce n'est rien; seulement je crois que je ne suis pas bien couchée.

ALBERT.

Attends, attends! je vais t'arranger; mets tes bras autour de mon cou.

Et le petit garçon, robuste et adroit, souleva sans grand'peine son léger fardeau, et recoucha Élisabeth dans une position plus commode.

— Merci, je ne souffre plus, dit Elisabeth; maintenant, mon bon Albert, je lirai bien toute seule. Va demander à maman la permission d'aller cueillir des noisettes : j'ai si grande envie de commencer à les éplucher pour les mettre dans notre boîte!

Au bout d'un quart d'heure, Albert reparaissait avec la permission demandée. Madame Maller, occupée à faire arranger son fruitier pour recevoir la récolte d'automne, avait seulement engagé ses fils à faire attention aux ronces et à ne pas disputer.

Albert avait parlé du panier à deux anses, et madame Maller avait souri de la prudente tendresse de sa petite fille. « Elle a le temps de penser à bien

des choses, » avait-elle dit ensuite en soupirant et
en songeant aux longues journées que la pauvre enfant passait dans son fauteuil ou sur un canapé, retenue depuis deux ans par un mal à la jambe très-
grave.

Pendant ce temps, Élisabeth disait adieu à ses
frères, s'inquiétait de savoir si les bâtons crochus,
les *accrochoirs*, comme on les appelait, qui servaient à attirer les branches des noisetiers, étaient
prêts, bien longs et un peu souples; puis, après les
avoir vus partir, les accrochoirs sur l'épaule et le
panier à la main, elle s'était remise à enfiler des
perles pour faire un rond de serviette à chacun des
garçons.

Albert sifflait en marchant, ce qui lui était défendu; il était content, et il espérait bien faire une
ample récolte de noisettes. François n'était pas aussi
gai, parce qu'il était fâché d'avoir été de mauvaise
humeur, il se promettait bien de ne plus recommencer, et il en avait demandé la force à Dieu avant
de sortir.

Sur les bords du bois, les noisettes étaient rares,
et celles qui restaient n'étaient pas belles; aussi les
deux garçons s'engagèrent-ils bientôt dans une allée
qui les menait plus avant. Là, arrivés à une clai-

rière entourée de noisetiers, ils commencèrent à se servir de leurs accrochoirs pour attirer à eux toutes les branches flexibles au-dessus de la portée de leurs bras. Les branches se courbaient, descendaient doucement avec leurs jolis petits bouquets de fruits d'un vert brunâtre, et puis, au moment où on allait la saisir, l'accrochoir glissait, la branche se redressait brusquement, et on restait en bas, la bouche béante. Deux ou trois fois même la branche, plus forte que le petit garçon, enleva l'accrochoir avec elle dans les airs, en l'arrachant aux mains trop faibles qui le retenaient.

— Cela n'avance guère, dit Albert ; les noisettes sont toutes trop haut ; on a cueilli tout ce qui était à portée d'un bâton. Je vais grimper dans les noisetiers.

FRANÇOIS.

Moi aussi ; seulement, faisons attention : maman a dit qu'il ne fallait pas déchirer nos blouses.

ALBERT.

Otons-les, ce sera plus sûr.

Et voilà les deux blouses qui vont rejoindre les accrochoirs et le panier, posés au milieu de la clairière. Une fois montés dans les noisetiers, la récolte fut un peu plus satisfaisante. Cependant le panier était bien loin d'être plein, et François, plus jeune et moins robuste que son frère, était déjà bien fatigué.

— Il faut aller plus loin, dit Albert; ici, nous avons cueilli tout ce que nous pouvions atteindre. Il n'y a pas beaucoup de noisettes cette année, ou bien on a déjà joliment travaillé. Vois-tu un des voleurs qui grimpe là-haut?

FRANÇOIS.

Où donc? je ne vois personne.

ALBERT.

Tu ne vois pas cet écureuil là-haut avec sa petite queue en panache? Si nous pouvions l'attraper pour Élisabeth!

FRANÇOIS.

Oh! je crois qu'elle ne voudrait pas le tenir en cage; elle n'aime que les bêtes libres.

ALBERT.

Pauvre petite! c'est qu'elle n'est pas libre, et elle sait bien que ce n'est pas agréable. Comme maman a l'air triste quelquefois, quand elle la regarde sans qu'Élisabeth la voie!

FRANÇOIS.

Oui, mais maman ne dit rien, parce que c'est la volonté du bon Dieu. Je l'ai entendue un jour qui parlait à Élisabeth de notre Sauveur et de tout ce qu'il avait souffert pour nous.

ALBERT.

Elle est si bonne, maman! C'est égal, je suis bien aise que le bon Dieu n'ait pas voulu lui donner trois enfants malades.

FRANÇOIS.

Regarde donc qui est-ce qui vient là-bas? C'est Pierre Henri; qu'est-ce qu'il fait par ici?

ALBERT.

Il retourne chez lui en cueillant des noisettes, ce n'est pas défendu.

FRANÇOIS.

Non; c'est pour cela que nous en avons si peu. Est-ce que tu cueilles des noisettes, Pierre?

PIERRE.

Oh! pour ça oui, m'sieu, pas beaucoup; une par-ci par-là.

ALBERT.

Nous sommes venus en chercher pour Élisa-

beth ; elle s'amuse à les éplucher, et, en hiver, à les
faire griller, mais nous n'en trouvons guère.

Pour mademoiselle Élisabeth? Oh! la bonne petite
demoiselle qui pense toujours aux autres dans sa
chambre, elle aime les noisettes? Tenez, m'ssieurs,
en voilà.

Et Pierre, détachant de dessus ses épaules le bis-
sac qui aurait dû contenir ses livres d'école, mais
qui était plein de noisettes, le vida tout entier dans
le panier des petits garçons, puis, fourrant ses mains
dans les poches de son pantalon, il les retira encore
pleines de fruits. Le tour de sa blouse vint ensuite,
et en une minute le panier fut plein jusqu'au
bord.

— Tiens, dit François, il paraît que, si tu n'en
ramasses qu'une par-ci par-là, tu ne t'arrêtes
guère.

Ah! dame, m'sieu, en allant à l'école tous les
jours et en revenant, on fait des provisions; mais
je n'en mangerai plus une seule cette année, ce
sera tout pour mademoiselle Élisabeth. Savez-vous,
m'sieu Albert, quand j'ai été malade cet hiver,

qu'elle m'envoyait la moitié des confitures que votre maman lui donnait? Et mademoiselle Rose, sa bonne, m'a dit qu'elle n'en demandait jamais pour remplacer ce qu'elle m'envoyait; elle se privait pour moi, voilà tout!

ALBERT.

Eh bien, tu te prives aussi pour elle, ainsi c'est chacun son tour. Adieu, Pierre, et merci bien.

En s'éloignant, chargés de leur panier, les deux frères virent encore Pierre qui, tout en sifflant, montait dans un noisetier, et, par le mouvement qu'il faisait constamment du côté de sa poche, il est probable qu'il savait mieux qu'Albert où trouver les arbres bien chargés de fruits.

— Fais attention, Albert, disait François, le panier est très-lourd; si tu fais danser l'anse de ton côté, il t'arrivera malheur.

ALBERT.

Allons donc! il est très-solide ce panier; vois comme les anses sont bien attachées!

Au même moment, l'anse se détache, le panier tombe et toutes les noisettes roulent à terre. On était sur une pente, et celles qui étaient sorties de leur

15.

enveloppe verte s'en vont sautant jusque dans le fossé. Bien en prit à François de s'être repenti de sa mauvaise humeur du matin, l'occasion était belle de se fâcher, et il n'y eût pas manqué, sans le souvenir de ce qu'il avait demandé à Dieu, mais, se contentant de dire à son frère :

— Je te l'avais bien dit ! il s'élança à la poursuite des noisettes vagabondes.

Albert, un peu confus, s'empressa de ramasser toutes celles qui couvraient la terre auprès de lui, et il y mit tant d'ardeur, qu'en dix minutes les deux frères avaient de nouveau rempli leur panier, avec addition de quelques brins de mousse et de quelques feuilles sèches, qu'ils avaient ramassés avec les noisettes dans leur empressement. Mais la difficulté était de le porter, l'anse droite ayant disparu. Enfin Albert, dont les poches étaient toujours pleines de ficelle, trouva dans le fond de sa poche gauche une petite corde qu'il fit passer à grand'peine sous le rebord du panier à la place de l'anse absente. Puis, se chargeant de nouveau de leur fardeau, les deux garçons reprirent le chemin de la maison.

Il était tard ; cinq heures au moins. En attendant le résultat de l'expédition dont le but était de l'amuser, Élisabeth s'était un peu ennuyée ; elle avait lu le

Robinson de douze ans; elle avait fait la moitié d'un bonnet pour le petit enfant du jardinier, elle avait habillé sa poupée, elle avait fait la conversation avec sa mère; mais elle était fatiguée, sa jambe lui faisait mal, et elle commençait à croire que ses frères s'étaient perdus dans le bois et à avoir quelque envie de grogner. Enfin elle entendit un grand bruit dans le vestibule.

— Voilà les garçons! s'écria-t-elle en se soulevant à demi sur son canapé.

Ses frères entrèrent au même moment.

— Regarde, s'écrièrent-ils en entrant, vois, comme le panier est plein; c'est Pierre Henri qui nous a aidés, et il dit que toutes les noisettes qu'il cueillerait cette année seraient pour toi.

ÉLISABETH.

Oh! qu'il est bon! Tout le monde est si bon pour moi! Je ne sais pas pourquoi, mais on ne fait que me gâter! Merci, Albert! merci, François! Vous avez tant travaillé! Vous devez être si fatigués! N'est-ce pas, maman, qu'ils sont gentils?

— Qui est-ce qui ne serait pas bon pour toi? dit sa mère en se penchant vers elle pour l'embrasser.

GUILLAUME.

C'est bien sûr, pauvre petite! Je suis bien content que nous n'ayons mal aux jambes ni les uns ni les autres.

PAULINE.

Oh! le bon Dieu a eu pitié de maman; il sait bien qu'elle a trop d'enfants, et il nous a donné une bonne santé.

FRANÇOISE.

Tu dis comme la petite Anglaise qui avait douze frères et sept sœurs, et quand maman lui demandait comme faisait sa mère quand ils étaient malades, elle a répondu : « Oh! nous ne sommes jamais malades, maman n'a pas le temps! »

HENRI.

Où donc maman l'a-t-elle connue, cette petite Anglaise-là?

FRANÇOISE.

A Rome, quand elle y est allée après son mariage.

HENRI.

Je voudrais bien aller aussi à Rome! Oh! quand je serai soldat, j'irai, parce qu'on va partout.

PAULINE.

En attendant, allons nous laver les mains; nous ne serons jamais prêts pour le dîner.

OCTOBRE

DIXIÈME PROMENADE

 l fait bien gris, maman; est-ce qu'il faut sortir? demandait Pauline, qui était installée dans la chambre de sa mère et qui lisait, au lieu de se préparer pour la promenade.

MADAME DE LUSSAC, son châle à la main.

Bien certainement; je passe à la ferme pour voir

mes dernières couvées, et puis je compte aller faire
avec vous une tournée dans le bois.

FRANÇOISE.

Oh! maman, ce sera bien mouillé; il y a déjà tant
de feuilles sèches par terre, et puis papa est sorti
avec son fusil; lui avez-vous dit que nous irions dans
le bois?

MADAME DE LUSSAC.

Non, tu as raison; papa n'aurait qu'à te prendre
pour un lapin, mon petit Gaston, avec ton paletot
gris.

GASTON.

Papa sait bien que les lapins ne marchent pas à
deux pattes. Allons dans les champs, maman; on
arrache des betteraves!

MADAME DE LUSSAC.

Allons dans les champs. Miss Bessie a mal au
pied; c'est moi qui vous promène. Qu'on mette des
caoutchoucs, nous passerons par l'herbage.!

HENRI.

Maman, j'y ai vu des colchiques hier; courons en
avant, Guillaume, nous cueillerons un bouquet pour
maman.

PAULINE.

Attendez-moi, attendez-moi, je viens aussi. Ah! les méchants garçons! Comme ils courent vite!

FRANÇOISE.

Regardez, maman; je crois que les géraniums sauvages durent toute l'année. Ceux des plates-bandes ne sont pas encore passés, mais ils commencent bien plus tard, tandis que j'ai cueilli du petit géranium rose dans l'herbe depuis le mois de mai.

MADAME DE LUSSAC.

Cela vient presque aussitôt que les pâquerettes, mais cela ne résiste pas à la gelée. Dans quinze jours, il n'y en aura plus.

FRANÇOISE.

Ce qui abonde encore, ce sont les framboises, maman. Quel bonheur que papa ait acheté cette espèce remontante! Nous en trouverons encore sous la neige, comme l'année dernière; seulement, elles n'ont plus beaucoup de goût.

CATHERINE.

Voyez, maman, voyez là-bas, le pré est tout lilas, tant il y a de colchiques. Je vais aider Pauline à faire un bouquet.

MADAME DE LUSSAC.

Il y en a même un peu trop; quand ton père aura drainé cet herbage-là, nous ne ferons pas de si beaux bouquets d'orchis au printemps, et de colchiques en automne.

FRANÇOISE.

Sans compter mes chers *ne m'oubliez pas!* maman, ils abondent dans ce pré-ci. Quelle drôle de fleur que les colchiques; ils n'ont jamais de feuilles, mais comme la nuance est jolie!

MADAME DE LUSSAC.

Voilà un beau bouquet, mes garçons, merci bien. J'aime mieux le porter moi-même, le colchique est une fleur délicate. Françoise, fais attention à Gaston; les vaches ont piétiné autour de la porte, et c'est bien crotté.

GUILLAUME.

Je crois que les chevaux ont aussi passé par là en allant chercher les betteraves; au fond d'un trou j'ai vu la marque du fer. Ah! voilà le silo qui s'avance! Tiens, papa a fait faire des cheminées en bois, cette année!

MADAME DE LUSSAC.

Oui, pour donner de l'air jusqu'au fond. Comme

les racines sont belles! Il y en a une quantité qui sont plus lourdes que toi, mon garçon.

GASTON.

Oh! maman, c'est pour rire. Je porterais bien la plus grosse avec une main.

MADAME DE LUSSAC.

Essaye seulement. Tu vois bien que tu ne peux pas la soulever. Les enfants croient toujours tout savoir mieux que leur mère!

HENRI.

C'est une vraie fortification, le silo de cette année! Toutes ces betteraves empilées les unes sur les autres| avec de la paille par-dessus, et de la terre pour tout recouvrir, sans compter le fossé autour! Je crois qu'on pourrait se défendre derrière.

MADAME DE LUSSAC.

Pas contre des ennemis bien formidables. Qu'est-ce que tu fais là, Guillaume?

GUILLAUME.

Je ramasse des betteraves pour les mesurer, maman; vous voyez bien, le mètre est là.

GASTON.

Mais non, un mètre, c'est un petit ruban ; maman en a un dans sa boîte, et ma bonne en a un dans son tiroir.

GUILLAUME.

Le mètre de maman est pour les étoffes, et celui-là est pour les betteraves, voilà tout.

GASTON.

Celui-là ressemble à une caisse, et pas à un mètre.

MADAME DE LUSSAC.

Je ne puis pas t'expliquer cela, mon cher enfant ; descendez le long du champ en vous crottant le moins possible, nous passerons le pont pour aller retrouver la route.

FRANÇOISE.

Ah ! voilà des fleurs d'ajonc ! Papa a bien tort quand il les fait couper ; c'est si joli, et je suis sûre qu'on a beau les hacher dans la machine, les vaches doivent toujours se piquer la langue.

MADAME DE LUSSAC.

Pas beaucoup, je pense, puisqu'elles le mangent

d'un si bon appétit. Enfin, voilà le blé semé tout
entier, j'ai l'esprit un peu plus en repos sur le
temps.

HENRI.

Une bécassine, maman, une bécassine au bord
du ruisseau! Oh! quel dommage que papa ne soit
pas là!

PAULINE.

Déjà des bécassines! Elles ne sont pas en retard,
cette année. En tout cas, papa aura trouvé quelque
chose, je l'ai entendu tirer deux fois.

GUILLAUME.

Papa trouve toujours quelque chose, et tue toujours quelque chose, mademoiselle.

PAULINE.

Oh! j'ai quelquefois vu revenir papa sans rien.

GUILLAUME.

Pas du tout; ce n'est pas joli de dire cela. N'est-ce
pas, maman, que papa rapporte toujours quelque
chose de la chasse?

MADAME DE LUSSAC, riant.

Toujours des épines et des déchirures.

GUILLAUME, ayant envie de pleurer.

Non, maman; du gibier.

MADAME DE LUSSAC.

Pas toujours; mais le voilà qui sort du bois; allez à sa rencontre. Il a quelque chose aujourd'hui, il nous le montre, mais je ne distingue pas ce que c'est.

FRANÇOISE.

C'est une bécasse, maman; je vois le bec. Écoutez d'ailleurs, les garçons crient que c'est une bécasse, et papa tient deux lapins de l'autre main. Comme Guillaume doit être content!

M. DE LUSSAC.

J'espère que voilà une belle chasse! J'en ai vu trois autres; ainsi, pourvu que le froid n'arrive pas trop vite, nous allons manger des bécasses. J'ai vu là-haut dans le bois Gamillet qui y était, je ne sais pas pourquoi, et qui m'a dit avoir déjà vu passer hier un vol d'oies sauvages. Ceci annonce le froid.

CATHERINE.

Et les fourmis ont creusé très-profondément cette année, papa; elles ont caché leurs provisions très-loin dans la terre, ainsi j'espère que nous pourrons patiner cet hiver.

MADAME DE LUSSAC.

Depuis que je vis à la campagne, j'entends parler tous les ans de la profondeur des travaux des fourmis; ce qui m'étonne, c'est qu'elles puissent ressortir; à mesure que leurs galeries pénètrent plus bas, il me semble qu'elles devraient être arrivées au milieu de la terre.

CATHERINE.

Non, maman, mais cette année c'est bien vrai, et les hirondelles sont parties de très-bonne heure. Je les ai regardées passer toutes en troupes; je voudrais bien savoir si c'est la plus vieille qui va la première parce qu'elle connaît le chemin! Les petites qui étaient nées sous nos toits cette année ne savaient pas où il fallait aller!

M. DE LUSSAC.

Peut-être est-ce une hirondelle expérimentée qui ouvre la marche, je n'en sais rien; ce qu'il y a de sûr, c'est que le bon Dieu les conduit où elles doivent aller.

HENRI.

Papa, j'ai vu vingt-six buses qui planaient au-dessus du bois.

GUILLAUME.

Et moi, j'ai vu un héron dans le pré.

M. DE LUSSAC.

Vingt-six buses, c'est beaucoup! Je crois que c'étaient des moineaux.

HENRI.

Non, papa, c'était beaucoup trop gros, puisque vous m'avez dit que les buses sont la plus petite espèce d'aigle.

M. DE LUSSAC.

Je ne t'ai pas dit que les oiseaux que tu as vus fussent des buses. Et toi, comment as-tu reconnu le héron?

GUILLAUME.

Oh! d'après la fable, papa :

Un héron au long bec emmanché d'un long cou ;

c'était tout à fait cela, et il était au bord de la rivière, et il regardait les truites d'un air très-dédaigneux.

M. DE LUSSAC.

Il aura fini par rencontrer un limaçon. Je connais des enfants qui font quelquefois de même quand le diner ne leur plaît pas. Mais je tâcherai de retrouver ton héron, et, si tu ne t'es pas trompé, nous le ferons empailler pour la collection des animaux du pays.

CATHERINE.

Oh! papa, on abat des pommes! on abat des pommes! Quel.bonheur! Nous allons avoir du cidre doux!

GASTON.

Maman, puis-je remplir un panier avant de rentrer?

MADAME DE LUSSAC.

Oui, mais dépêche-toi.

TOUS LES ENFANTS.

Nous allons chacun remplir un panier!

MADAME DE LUSSAC.

Voilà des ouvriers pleins d'ardeur! Mais ces pommes-là ne sont pas trop aigres, veillons à ce qu'ils n'en remplissent pas leurs poches.

M. DE LUSSAC.

Je vous assure que c'est détestable.

MADAME DE LUSSAC.

Ils les font cuire dans leur chambre. Si c'étaient

16

des poires, il n'y aurait pas de danger. Gaston en a goûté une l'autre jour, et il a craché pendant un quart d'heure.

M. DE LUSSAC.

Les poires viendront après. Je compte faire de l'eau-de-vie cette année avec mon poiré. Allons, enfants, rentrons.

CATHERINE ET GUILLAUME

Papa, pouvons-nous seulement passer par l'allée des marronniers? Il y a tant de marrons par terre, et nous en voudrions faire une grande provision pour les percer avec une aiguille rouge et les enfiler.

MADAME DE LUSSAC.

Eh bien! vous vous faisiez tirer l'oreille pour sortir, tout à l'heure, et voilà qu'on ne peut plus vous faire rentrer. Ramassez chacun cent marrons, ce qui ne sera pas long, vu la quantité qu'il y en a, et puis venez travailler; voilà deux heures que nous sommes dehors. Françoise, tu rentres, n'est-ce pas?

FRANÇOISE.

Oh! maman, est-ce que je ne puis pas ramasser quelques marrons aussi?

MADAME DE LUSSAC.

Allons donc! une grande fille comme toi, ramasser des marrons comme Gaston! Je voulais que tu vinsses m'aider à ranger des poires dans le fruitier. On vient d'en apporter dix grands paniers.

FRANÇOISE ET PAULINE.

Nous venons, maman, nous venons! Henri a promis qu'il nous donnerait quelques marrons, et puis bientôt nous cueillerons les châtaignes.

MADAME DE LUSSAC.

Le mois prochain, elles ne sont pas encore mûres.

M. DE LUSSAC.

Ah! dans ce pays-ci, nous sommes obligés de nous rabattre sur les pommes et les poires, mais dans les pays de vignes, c'est le beau moment ; on ne s'amuse jamais tant que pendant les vendanges.

PAULINE.

C'est bien dommage qu'il n'y ait pas de vignes ici.

FRANÇOISE.

Mais il y en a ; seulement, papa ne fait pas de vin. Papa, pourquoi ne faites-vous pas de vin?

M. DE LUSSAC.

Si ta mère tient absolument à avoir du vinaigre
fait chez elle, je peux fabriquer du vin, mais je crois
que celui de l'épicier vaut mieux.

PAULINE.

Oh! que vous êtes méchant, papa! Mais, maman,
racontez-nous donc au moins une fois comment on
fait la vendange, nous n'en savons rien.

MADAME DE LUSSAC.

J'ai précisément rencontré l'autre jour une petite
histoire sur les vendanges; cela ne vous donnera pas
une idée bien exacte de la manière de fabriquer le
vin, mais vous comprendrez le plaisir que cette récolte
cause aux enfants. Ce sera pour ce soir, si on se dépêche. Voilà mes paniers de poires, à l'œuvre! et ne
perdons pas notre temps.

A dîner, Henri et Guillaume déclarèrent qu'ils ne
voulaient plus boire de vin avant de savoir comment
il se faisait, et, comme ils aimaient beaucoup l'eau
rougie, à peine laissèrent-ils à leur mère le temps de
plier sa serviette avant de l'assaillir de leurs demandes. Madame de Lussac alla chercher son livre,
qu'elle avait enfermé pour empêcher Françoise, qui
était un peu curieuse, de regarder dedans avant le

dîner, et, tout le monde s'étant installé près du feu, car il commençait à faire frais, madame de Lussac lut ce qui suit :

LES VENDANGES

Les ceps de vigne pliaient déjà sous le poids de leurs belles grappes noires ou blanches, lorsque les enfants de madame Pierret entrèrent, un matin, chez elle et lui proposèrent, de l'air le plus sérieux, de les charger, cette année-là, de faire la vendange.

— Papa dit que les ouvriers sont chers cette année, dit Alphonse, et nous sommes maintenant bien assez grands pour faire beaucoup d'ouvrage ; si nous n'allons pas tout à fait aussi vite que les hommes et les femmes, nous travaillerons un peu plus longtemps, cela ne fait rien, puisqu'il fait beau.

Madame Pierret eut quelque peine à retenir un éclat de rire ; puis, touchée de la bonne volonté de

16.

ces quatre petits qui attendaient si gravement sa dé-
cision, elle leur dit :

— Nous aurions trop de chance de voir arriver le
mauvais temps, si nous n'avions que quatre ouvriers,
mes enfants. D'ailleurs, votre père a déjà retenu du
monde, auquel il ne pourrait manquer de parole;
mais chargez-vous de la vigne du bas du jardin, et,
si vous faites la récolte de ces ceps-là à vous tout
seuls, votre père vous payera comme des ouvriers.

PAULE.

Oh! nous ne voulons pas être payés, maman; c'est
pour économiser l'argent de papa que nous voulions
faire les vendanges. Mais vous avez peut-être raison,
Agnès et Frédéric sont si petits!

AGNÈS.

Moi, pas petite; couper tès-bien un gain aisin avec
ciseaux.

PAULE.

Oui, mais on ne coupe pas grain par grain; ce
serait trop long.

FRÉDÉRIC

Je sais bien; on coupe toute la grappe; j'ai une
paire de ciseaux ronds très-forts, je vais les faire re-
passer pour la vendange.

ALPHONSE.

Alors, c'est convenu, maman ; nous ferons la récolte du jardin ; prévenez-en papa, pour qu'il ne réserve pas d'ouvriers pour ce coin-là.

Madame Pierret répondit sérieusement et se mit à rire sous cape à l'idée du nombre d'ouvriers qu'il faudrait pour couper les quelques grappes suspendues aux ceps du jardin. Mais M. Pierret fut prévenu, et il engagea les enfants à se tenir prêts pour le lundi suivant.

— Avez-vous vos ciseaux et vos paniers prêts ? demanda-t-il ; je ne fournis rien quand les ouvriers ne sont pas d'une taille ordinaire ; vous ne pourriez pas porter mes paniers quand ils sont pleins.

PAULE.

Oh! papa, il y a déjà un mois que la vieille Marianne, votre ancienne bonne, nous a donné à chacun un panier qu'elle a tressé pour nous. Ils sont charmants, et pas lourds du tout. Agnès porte très-bien le sien.

AGNÈS.

Et le tien auti, Paule ; moi poter le plus gand.

PAULE.

Plein de raisin, n'est-ce pas, petit chou? Maman, quelles robes mettrons-nous lundi?

— Celles-ci, répondit leur mère en sortant de son armoire des robes et des blouses fanées et mises de côté, mais qu'elle venait de rallonger pour l'occasion, — ce sera leur dernier soupir.

ALPHONSE.

A la bonne heure, Paule ne me dira pas à tout moment : « Fais attention de ne pas te tacher, tu vas salir ta blouse! » Si j'abîme celle-ci, il n'y aura pas grand mal.

AGNÈS.

Top laide, ma obe, moi pas la mettre, pas couper aisin avec ça.

PAULE.

Allons donc, petite coquette, personne ne viendra te voir; qu'est-ce que ça te fait?

AGNÈS, pleurant.

Top laide, top vieille!

MADAME PIERRET.

Alors Agnès restera à la maison avec moi; j'avais peur de m'ennuyer, j'aurai une compagnie.

AGNÈS.

Si, moi couper aisin, aute obe.

MADAME PIERRET.

Allons, Agnès, taisez-vous, vous mettrez cette robe-là, ou vous resterez à la maison. Oh! tu peux t'abîmer dans ton désespoir, cela m'est égal.

AGNÈS.

Un mouchoir; maman, embasser!

MADAME PIERRET.

Ah! c'est fini, à la bonne heure! Messieurs et mademoiselle, je vous conseille de venir prendre vos leçons, sans plus songer aux vendanges pour le moment. Paule, étudie ton piano; Alphonse, tu n'as pas fini ton extrait d'histoire; Frédéric, viens lire avec moi.

FRÉDÉRIC.

Puis-je prendre la *Petite Jeanne*, maman?

MADAME PIERRET.

Oui, prends cette parfaite petite Jeanne, qui n'a jamais fait une sottise dans sa vie.

FRÉDÉRIC.

Ce n'est pas comme moi, maman, je fais tous les jours des sottises; les enfants sont bien plus méchants que les grandes personnes.

MADAME PIERRET.

Leurs sottises se voient davantage parce qu'on les gronde, mais ne compte pas être à l'abri de toute sottise quand tu seras grand, mon garçon.

FRÉDÉRIC, timidement.

Mais, maman... est-ce... que... vous faites jamais quelque chose... de mal, vous?

MADAME PIERRET.

Trop souvent, mon pauvre petit.

FRÉDÉRIC.

Et alors, qui est-ce qui vous gronde?

MADAME PIERRET.

Je me gronde moi-même, et puis le bon Dieu me gronde.

FRÉDÉRIC.

Ah! oui, je comprends; mais la petite Jeanne, personne ne la grondait, on lui faisait toûjours des compliments. J'aurais bien voulu la connaître, maman.

MADAME PIERRET.

Et moi, l'avoir pour servante à la ferme! Allons, finis ta lecture.

Pendant toute la journée du dimanche, les enfants ne parlèrent que de l'heure à laquelle ils devaient commencer à travailler le lendemain, se lamentant de ce qu'il ne faisait plus jour à trois heures du matin. Les robes et les blouses, si méprisées au premier abord, étaient soigneusement pliées dans un coin de la chambre; les paniers étaient empilés à côté; chaque panier contenait une paire de ciseaux. Agnès prétendait qu'elle voulait mettre des gants, mais sa mère se moquait d'elle, en disant qu'elle ne pourrait pas même couper un « gain de aisin » avec des gants.

Il ne faisait pas jour le lendemain matin, lorsque M. Pierret, qui s'habillait, entendit des petits pas bien légers au-dessus de sa tête; il sortit de sa chambre, monta l'escalier en quatre sauts, et se trouva en face de Paule conduisant Agnès et cherchant son chemin à tâton, en s'appuyant contre les murailles.

— Qu'est-ce que vous faites là? demanda-t-il aux deux petites filles stupéfaites, en voyant leur père son bougeoir à la main.

AGNÈS.

Faites pas de buit, papa, ma bonne do'; nous allons couper vote aisin.

M. PIERRET.

Il ne fait pas jour; allez vous recoucher; votre bonne a le sommeil bon, si elle n'a pas entendu Paule t'habiller.

PAULE.

Est-ce qu'il ne fait pas jour dehors, papa?

M. PIERRET.

Pas assez pour travailler, d'ici à une bonne heure. Va te coucher, te dis-je.

PAULE.

Papa, c'est qu'Alphonse et Frédéric...

M. PIERRET.

Je vais les faire rentrer chez eux aussi.

Et M. Pierret partit à la recherche de ses garçons, pendant que Paule, ôtant à Agnès ses souliers, la remettait dans son lit, et se couchait à côté d'elle, à la grande joie de la petite, et à la stupéfaction de la bonne, qui, ouvrant les yeux une heure plus tard, aperçut les deux petites filles tout habillées et endormies dans les bras l'une de l'autre.

Pendant ce temps M. Pierret avait rattrapé ses

fils au moment où ils arrivaient à grand'peine au bas
de l'escalier ; Frédéric avait trébuché plusieurs fois
dans l'obscurité, et, si Alphonse ne l'eût retenu, il
eût réveillé définitivement toute la maison, en rou-
lant sur les marches.

M. Pierret, tout son monde recouché, rentra chez
lui en riant, et ne put s'empêcher de réveiller sa
femme pour lui dire quelle ardeur animait ses ouvriers du parc.

— Si les autres en avaient seulement à moitié autant, disait-il, ma récolte marcherait vite !

MADAME PIERRET.

Oui, mais ils mourraient bientôt, « on ne pourrait pas y tenir, » comme me disait un jour Denis,
quand je lui demandais pourquoi il ne travaillait pas
plus activement, et je crois qu'il y a là dedans quelque
chose de vrai. Vous dites que ni l'une ni l'autre des
deux bonnes ne s'étaient réveillées. Elles dorment
profondément alors; il fallait qu'elles fussent bien
fatiguées !

— Ou qu'elles eussent le sommeil dur, dit M. Pierret en riant de l'ingénieuse indulgence de sa femme.

A six heures et demie, les vendangeurs sortirent
enfin, avec la permission de toutes les autorités; ils

17

tenaient à la main une longue tartine couverte de beurre et de miel en l'honneur de la fête, et ils se promettaient tout bas de manger beaucoup de raisin. Madame Pierret se promettait, de son côté, de veiller à ce qu'ils n'en mangeassent pas trop.

— Voilà mon panier plein, dit Alphonse au bout d'un moment, je vais le porter au pressoir.

PAULE.

Attends-moi, nous irons ensemble ; le mien va être plein aussi. Quel bonheur que nous soyons tout près de la cuve! Avances-tu, Frédéric?

FRÉDÉRIC, piteusement.

Pas beaucoup.

Son frère et sa sœur se retournèrent au triste son de sa voix, et virent le pauvre petit toujours aux prises avec la même grappe de raisin. Les ciseaux ronds ne coupaient pas bien, ou les petits doigts étaient trop faibles ; Frédéric avait déjà l'air tout fatigué, et il n'avait rien fait.

— Attends, attends, dit Paule. Et, d'un coup de ses ciseaux, elle détacha la grappe qu'elle posa dans le panier de son frère. Puis, lui prenant la main, elle coupa pour lui, ou lui fit couper, deux ou trois

La petite Agnès retrouvée dans les vignes

autres grappes, tandis qu'Alphonse achevait de remplir le panier.

— Merci bien, Paule, disait-il; c'est drôle comme mes ciseaux coupent mieux quand tu es là!

PAULE.

Oh! c'est que je suis plus grande que toi. Tiens, prends ton panier, tu peux bien le porter, n'est-ce pas? Allons au pressoir. Mais où donc est Agnès?

La petite fille était perdue au milieu des ceps qui, pour elle, formaient une forêt vierge; enfin, comme la forêt n'était pas grande, on la trouva accroupie sous un pied de raisin blanc; elle avait coupé des grains à toutes les grappes à sa portée, et, une fois la terre jonchée de ces « petits gains, » qu'elle aimait tant, elle s'était assise par terre pour déjeuner plus à son aise.

— Il ne faut plus la laisser s'éloigner de nous, Alphonse, dit Paule en relevant sa sœur; regarde comme elle abime le raisin, et puis elle en mangerait trop. Vois-tu, Agnès, tu voulais une plus belle robe, vois comme tu as déjà taché celle-là!

AGNÈS.

Oh! moi est tombée sur une grappe rouge.

PAULE.

Oui, oui, je comprends ; viens m'aider à porter mon panier au pressoir, et puis tu resteras près de moi ; nous travaillerons ensemble.

En dépit des inconvénients de ce voisinage qui impatienta plus d'une fois Paule elle-même, quelque bonne qu'elle fût, on avait déjà porté bien des paniers de raisin au pressoir en mettant de côté la récolte du jardin afin qu'on ne pût la confondre avec ce qui arrivait des champs, lorsque M. Pierret vint inspecter ses enfants que leur mère avait rejoints depuis longtemps.

— Allons, mes petits, vous avez bien travaillé, dit-il, j'espère que vous avez pris soin de ne pas toucher au noir ; il n'est pas encore tout à fait assez mûr.

ALPHONSE.

Oh ! oui, papa, nous n'en avons coupé qu'une grappe par mégarde, et nous l'avons mangée.

M. PIERRET.

C'était le meilleur moyen d'éviter tout mélange ; mais n'avez-vous pas envie de venir déjeuner ? Moi, qui ai vu cueillir beaucoup de raisins ce matin mais qui n'en ai pas mangé, je propose qu'on se transporte dans la salle à manger.

Agnès n'avait pas faim du tout, en sorte que sa mère, voyant qu'elle occupait tous ses loisirs à manger « les gains » qu'elle rencontrait, l'emmena avec elle dans la journée pour surveiller les autres vignes et les autres ouvriers.

Vers le soir, les petits vendangeurs, bien fatigués, portaient leurs paniers au pressoir, quand ils virent, en arrivant, la grande cuve toute pleine, et deux hommes, les pieds nus, déjà occupés à fouler le raisin.

— Quand pressera-t-on le nôtre? demanda Alphonse.

LE VIGNERON.

Dès que vous aurez fini, monsieur. En avez-vous encore beaucoup?

PAULE.

Pour la journée de demain, je crois. Le vin sera-t-il bon cette année, Lecouret?

LECOURET.

Très-bon, mademoiselle, et il y en a beaucoup.

PAULE.

Ah! tant mieux; papa a dit qu'il ferait mettre en

bouteilles celui du jardin, et qu'on l'appellerait le
vin des enfants. Il a dit cela parce que nous ne voulons pas être payés pour l'ouvrage que nous faisons.

— Ces pauvres petits, disaient les vignerons en
regardant les enfants qui s'éloignaient lentement ;
vois donc comme ils sont fatigués ! Ah bah ! il faut
bien que tout le monde travaille !

— C'est bien dommage que nous ne puissions
cueillir ici que des pommes, ce n'est pas du tout joli,
et ce n'est pas très-bon à manger, dit Pauline. Nous
aurions pu aussi économiser quelque chose pour
papa.

MADAME DE LUSSAC.

Tâchez d'économiser sur vos leçons, et sur le
temps que vous perdez, c'est ce que vous avez de
mieux à faire.

FRANÇOISE.

Mais, maman, vous ne dépensez pas beaucoup
d'argent pour nos leçons. Nous n'avons pas d'autres
maîtres que miss Bessie et vous !

MADAME DE LUSSAC.

Crois-tu que mon temps n'ait aucune valeur? Et

puis, si vous vous dépêchiez, vous pourriez m'aider à faire bien des choses.

PAULINE.

C'est dit; demain je ne perds plus mon temps, et vous pourrez ensuite me donner à faire tout ce que vous voudrez.

MADAME DE LUSSAC.

C'est-à-dire tout ce que tu pourras faire.

PAULINE.

Bien entendu, maman.

NOVEMBRE

—

ONZIÈME PROMENADE

oyons, enfants, qui est-ce qui veut venir faire un grand tas de feuilles sèches pour y mettre le feu? dit M. de Lussac en se levant de table après le déjeuner. Les allées sont encombrées, et le jardinier est occupé ailleurs.

MADAME DE LUSSAC.

Est-ce qu'il n'aura pas besoin des feuilles pour faire du terreau, cette année?

17.

M. DE LUSSAC.

Oh! nous lui en laisserons un grand tas, mais il faudra bien que les ouvriers soient payés de leur peine par un petit plaisir.

GUILLAUME.

Oui, oui, papa, un feu, un feu, et puis après nous irons abattre les châtaignes, maman l'a dit.

M. DE LUSSAC.

Vous voyez, ma chère, quand on a des enfants aussi utiles, il faut bien leur sacrifier quelques feuilles sèches. J'ai mon briquet dans ma poche. Tout le monde a-t-il des râteaux?

HENRI.

Oui, papa, moi excepté, et je prendrai un de ceux du jardinier; le mien était trop petit et je l'ai donné à Guillaume.

GASTON.

Moi, j'ai celui de Guillaume, voyez comme il est grand, papa. Je vais faire à moi tout seul un tas aussi grand que papa.

CATHERINE.

Et comment arriveras-tu en haut pour le ratisser?

Dépêchons-nous, voyons qui est-ce qui fera le plus gros tas.

GASTON.

Ce sera moi; papa, voulez-vous m'aider?

GUILLAUME.

Ah! mais si papa t'aide, ce ne sera plus du jeu. Pauline, tu prends toutes mes feuilles!

PAULINE.

Les feuilles ne sont pas à toi, elles sont aux marronniers qui les ont laissé tomber pour faire notre feu.

CATHERINE.

Alors elles sont à papa, parce que les marronniers sont à papa. Il n'y en a plus une seule ici. Où allons-nous?

MADAME DE LUSSAC.

Aux tilleuls. Nous laisserons les feuilles de marronniers pour le terreau parce qu'elles sont plus près du potager; mais les feuilles de tilleul seront à nous, et nous nous amuserons avec. C'est Gaston qui a le plus gros tas. Viens, mon garçon, que je t'emporte en triomphe.

GASTON, à l'oreille de son père.

Papa, vous travaillerez encore pour moi aux tilleuls, n'est-ce pas?

M. DE LUSSAC.

Non, non; comme c'est pour brûler, nous allons faire un tas tous ensemble. Dépêchons-nous, si on veut avoir le temps d'aller aux châtaignes. Voilà qui est bien; attendez maintenant, maman verra la flamme de chez elle. Ça ne veut pas prendre, Henri, va me chercher la poire à poudre.

GUILLAUME.

La poire à poudre! la poire à poudre! quel bonheur! Papa va faire des petits volcans.

CATHERINE.

Vous ne nous ferez pas sauter, papa!

M. DE LUSSAC.

Non, non, sois tranquille. Messieurs les garçons, ne touchez à rien, cela ne vous regarde pas.

HENRI.

Papa, vous êtes comme le président du conseil de guerre, qui disait à l'homme qu'on allait fusiller : « Tais-toi, ça ne te regarde pas! »

M. DE LUSSAC.

Est-ce que je vais te fusiller, par hasard?

HENRI.

Non, papa; mais vos petits volcans nous regardent; parce que cela nous amuse beaucoup. Ah! que c'est joli : en voilà un qui saute.

FRANÇOISE.

Et voilà le tas de feuilles qui prend feu. Oh! la belle flamme! comme il flambe!

M. DE LUSSAC.

Allons, jetez des feuilles, ramassez ce qui s'envole; j'espère que voilà un beau brasier.

PAULINE.

Il faut mettre des petits morceaux de bois dans les cendres, et, quand nous aurons abattu les châtaignes, nous en ferons cuire pour notre goûter.

CATHERINE.

Et quelques pommes de terre aussi, cela sera délicieux. Je vais faire un petit four; il y a là des vieilles briques, dans l'endroit où nous voulons construire une maison cet été.

M. DE LUSSAC.

Tenez, cassez cette grosse branche morte, et mettez deux ou trois petites bûches dans votre feu, pour l'entretenir jusqu'à votre retour. Gaston, voilà maman qui arrive; courez au-devant d'elle, je ne vous laisse pas seuls auprès de ce feu.

HENRI.

Et moi, je vais chercher une gaule. Venez-vous avec nous aux châtaignes, papa?

M. DE LUSSAC.

Mes laboureurs perdraient leur temps, je m'en vais. Aie seulement soin de ne pas envoyer toutes les châtaignes sur la tête de tes sœurs.

CATHERINE.

Oh! cela ne fait rien, papa, nous avons des capuchons. Maman, pouvons-nous cueillir celles qui sont à notre portée?

MADAME DE LUSSAC.

Je crois que celles qui étaient à ta portée sont cueillies depuis longtemps, ma chérie. Avez-vous un panier?

FRANÇOISE.

Pauline est allée à la cuisine pour en demander un. Oh! comme cela pique!

MADAME DE LUSSAC.

Tu n'as donc pas de gants?

FRANÇOISE.

Si, maman, mais cela pique à travers les gants. Il y en a une quantité. Arrive donc, Pauline, nous avons déjà de quoi remplir le panier. Je vais l'emporter. Où faut-il le vider, maman?

MADAME DE LUSSAC.

Dans la petite chambre qui précède le fruitier; je les ferai éplucher là avant de les enfermer.

CATHERINE.

Aïe, j'ai une châtaigne dans le cou. Fais donc attention, Henri.

HENRI.

Moi, je ne vous vois pas de là-haut. Gare! en voilà une pluie, je vous préviens.

FRANÇOISE.

Oh! comme elles sont belles et bien mûres! Elles s'ouvrent presque toutes en tombant.

MADAME DE LUSSAC.

Je crois qu'il n'y en a plus; vous avez emporté dix paniers, n'est-ce pas?

FRANÇOISE.

Onze, maman, et il y en a plus de la moitié sans enveloppe.

PAULINE.

Heureusement pour nos doigts, car l'épluchage n'est pas agréable. J'en ai gardé, dans ma poche, cinq bien belles.

CATHERINE.

J'en ai six.

FRANÇOISE.

Et moi quatre.

GASTON.

Moi, ma poche est pleine.

MADAME DE LUSSAC.

Tu n'as pas les plus belles, mon petit, et Guillaume a aussi ses poches pleines. Allons les faire griller. Qui est-ce qui a un couteau pour les fendre?

HENRI, vivement.

Moi, maman.

MADAME DE LUSSAC.

Tu ne l'as pas perdu? c'est étonnant. Françoise, tu peux demander à la cuisine sept pommes de terre et un peu de sel. Par bonheur, il fait si doux qu'on peut rester assis sans craindre de s'enrhumer.

CATHERINE.

Et puis notre feu réchauffe. Oh! tout cela sera bientôt cuit!

MADAME DE LUSSAC.

Je crois au contraire qu'une fois la cuisine en train, vous pourrez appeler miss Bessie et aller faire un tour dans le bois, puisque c'est jeudi ; il faut trois quarts d'heure pour faire cuire les pommes de terre, et je vais mettre les châtaignes à l'endroit le moins ardent.

MISS BESSIE.

Je veux faire un bouquet de feuilles d'arbres et de mousses, puisqu'il n'y a plus de fleurs, qu'est-ce qui veut m'aider?

FRANÇOISE.

Moi, moi, et nous pourrons aussi y mettre des graines; il y a les baies d'églantiers, celles de morelle, et ces petites grappes rouges dont je ne sais jamais le nom, qui sortent de terre et qui ressemblent, de forme, à un orchis.

PAULINE.

Il y a encore de l'ajonc dans le bois, et les feuilles de lierre sont au moins de vingt nuances. Et puis, voyez les ronces, miss Bessie, quel beau rouge!

MISS BESSIE.

Et celle-là est tout à fait cuivrée. Voilà une branche de chêne qui est parfaitement verte, et une de hêtre tout aussi jaune. Je ne sais pas si nous trouverons encore des feuilles aux bouleaux.

CATHERINE.

Oh! oui, dans les coins abrités; montons tout en haut, voulez-vous? Sur la colline nous trouverons des branches d'arbres verts, et la vue est si jolie!

HENRI.

Oui, nous compterons les clochers. Papa a dit que l'hiver dernier il en avait compté neuf.

MISS BESSIE.

Oui, mais les arbres ont encore beaucoup de feuilles sèches ou non, et nous n'en verrons pas tant. C'est au mois de janvier qu'on voit le plus loin.

GUILLAUME.

Oui, en décembre, les chênes ont tous l'air de s'être trempés dans la crotte, mais ils ont encore des feuilles.

PAULINE.

Voilà une belle fougère et deux petites marguerites. Oh! la jolie mousse au pied de cet arbre! Regarde donc, Françoise.

MISS BESSIE.

C'est une véritable petite forêt. Voyez comme la moindre chose sortie de la main de Dieu est admirablement faite! Chacun de ces brins de mousse est aussi parfait que le plus grand chêne.

HENRI.

J'en ai trouvé quelquefois une toute petite espèce sur le tronc des arbres, et, quand papa m'en a fait voir un brin au microscope, chaque branche ressemblait à un arbre vert, une sapinette, ou un pin.

GUILLAUME.

Oh! quel beau champignon orange! Je croyais que c'était une fleur cachée sous ces feuilles sèches, tant la couleur était éclatante.

MISS BESSIE.

J'en ai trouvé l'autre jour deux parfaitement roses et un violet, mais je n'ai pas voulu les rapporter de peur de l'imprudence de quelque enfant.

FRANÇOISE.

Oh! quel dommage! Une autre fois vous pourriez nous les montrer seulement, et puis les jeter tout de suite. Voilà un peu de pluie, nous ne pourrons pas voir les clochers.

MISS BESSIE.

Non, et, comme il y a déjà une demi-heure que nous sommes partis, allons voir si vos châtaignes et vos pommes de terre ne sont pas cuites. Le brouillard commence dans la vallée.

PAULINE.

Je n'aime pas le brouillard, cela me fait tousser et puis on ne voit pas devant soi.

MISS BESSIE.

Oh! dans ce pays-ci, il est rare qu'on ne puisse au moins reconnaître son chemin. Dans les deux ans que j'ai passés en Écosse, j'ai entendu raconter bien des histoires terribles sur le brouillard dans les montagnes, et sur les gens qui s'égaraient et finissaient

par tomber de quelque rocher, ou dans quelque pré-
cipice.

FRANÇOISE.

Oh! racontez-nous une de ces histoires, je vous en
prie.

CATHERINE.

Pas trop triste, seulement; je demande que les
gens se retrouvent.

MISS BESSIE.

Nous verrons ce soir; maintenant allons chercher
nos châtaignes, avant que la pluie se soit tout à fait
établie.

Le brouillard avait si bien gagné la vallée dans la
soirée, que les enfants soutenaient qu'on était en
Écosse; toutes les filles avaient mis leurs châles sur
leurs têtes, et les garçons s'étaient adressés à leur
mère qui les avait drapés à l'écossaise dans des plaids..
On prétendit qu'une histoire de brouillard était in-
dispensable pour compléter l'illusion, et, comme
miss Bessie disait que l'histoire était longue, on alla
chercher un verre d'eau sucrée, qu'on posa sur la
table à côté d'elle; tous les préparatifs faits, Gaston
se mit à boire l'eau sucrée à petites cuillerées, sous

prétexte de la remuer, et miss Bessie commença son récit.

LE BROUILLARD

La petite Alice Mac-Gray venait d'achever son déjeuner ; elle avait lavé sa tasse et celle de Rob, et elle essuyait la table avec un torchon, lorsque sa grand'mère, qui était déjà sortie pour traire les vaches, rentra précipitamment.

— Alice, dit-elle, ton père me fait demander de l'autre côté de la montagne, je ne sais pas s'il est souffrant ou s'il manque quelque chose dans sa hutte, mais Sandy Millerae vient de passer par ici en disant : « Dame Elspie, votre fils vous demande là-bas, il ne peut pas quitter son troupeau et vous fait prier de venir le voir. » Crois-tu que tu puisses rester seule avec Rob toute la journée ? Je reviendrai ce soir, il n'y a pas encore de neige dans la montagne.

Alice n'avait que dix ans, mais elle était brave et habituée à se tirer d'affaire par elle-même.

— Oui, grand'mère, répondit-elle, je soignerai bien Rob et les agneaux. N'ayez pas peur.

— Je n'ai peur que de vous quitter, pauvres enfants, dit la grand'mère en commençant à faire ses préparatifs de départ.

Elle tira de son armoire toutes les provisions qui pouvaient être nécessaires à Rob et à Alice; puis, remplissant un petit sac qu'elle voulait porter à son fils, elle alluma sa lanterne. Le soleil n'était pas encore levé; les courts jours de novembre ne lui eussent d'ailleurs pas laissé le temps de revenir sans lumière. Elle attacha son châle sur ses épaules et sur sa tête, et partit accompagnée de l'un des deux chiens qu'Angus Mac-Gray chargeait, en son absence, de la garde de sa maison.

Il ne faisait pas bien froid, l'air était un peu humide, la petite Alice regarda un moment sa grand'mère qui s'éloignait rapidement, puis, tirant Rob après elle, elle rentra dans la chaumière et ferma la porte. Le lait de la vache qu'Elspie venait de traire au moment où Sandy lui avait apporté ses nouvelles, était là dans un seau devant les yeux d'Alice; elle le prit et l'emporta avec un peu de peine jusque dans la petite laiterie; puis, après l'avoir passé et déposé dans une terrine, elle revint dans la cuisine pour en-

tasser de nouvelles mottes de gazon séché sur le feu.
Rob la regardait faire, et s'amusait beaucoup de
n'avoir qu'Alice pour grand'mère, ce jour-là. Au
bout d'un moment, pendant que la petite fille ba-
layait le foyer, elle entendit un petit bruit et se retourna. Rob était monté sur une chaise et il essayait
d'ouvrir le verre de la vieille horloge qui faisait tout
l'orgueil d'Elspie. Il allait y parvenir, lorsqu'Alice le
prit par les jambes et le posa à terre.

— Méchante Alice ! s'écria-t-il en colère ; je voulais voir ce qu'il y a dans l'horloge de grand'mère !

ALICE.

Je le sais bien ; c'est pour cela que je t'ai descendu.
Si tu cassais l'horloge, grand'mère serait si fâchée,
qu'elle ne voudrait plus jamais nous laisser tout
seuls, et nous sommes pourtant bien assez grands
pour cela.

ROB.

Oh ! si tu ne veux pas me laisser m'amuser, j'aime
mieux que grand'mère y soit ; je suis sûr que sa
soupe vaudrait mieux que la tienne.

ALICE.

Sois tranquille ; je mettrai du bon lait sur le feu
tout à l'heure et tu verras. Tiens, fais moi un petit.

fagot avec ces brins de bois. Bien, tu l'attacheras avec cette tige de bruyère.

Rob, ainsi occupé, permit à Alice de se livrer aux diverses occupations du ménage. La petite fille avait fermé et rentré le lit de bois dans lequel elle couchait, elle avait aussi couvert le lit de sa grand'mère et de Rob d'un beau couvre-pied à carreaux qu'elle avait fait l'année précédente, et elle allait écrémer le lait, quand elle songea tout d'un coup aux agneaux. « Je ne sais pas si grand'mère leur aura donné à manger, » se dit-elle; et, jetant son châle sur sa tête, elle courut jusqu'au petit hangar qui leur servait d'abri. Les agneaux avaient du foin en abondance, leur litière était propre; le bras vigoureux de la vieille Elspie avait déjà passé par là, mais Alice trouva que deux ou trois des agneaux avaient l'air triste. « C'est qu'ils ne sont pas sortis hier, se dit-elle; je les mènerai promener après dîner; » et elle rentra pour faire sa soupe et pour annoncer à Rob une promenade en compagnie des agneaux.

Rob était enchanté; la soupe au lait d'Alice était excellente, elle lui avait donné un morceau de galette qui restait de la dernière fournée, et il se chauffait paresseusement les pieds, pendant que sa sœur lavait les assiettes, la casserole et les cuillers. Quand tout fut remis en place, comme si l'œil de la grand'mère

18

allait passer par là pour découvrir le moindre oubli, Alice décrocha son plaid et celui de Rob.

— Attends, dit-elle, laisse-moi t'envelopper comme il faut, il ne fait pas chaud.

ROB.

Tu crois que je ne sais pas mettre mon plaid? tu vas voir. Ah! il se déplie, replie-le-moi, Alice.

ALICE.

Non, non, puisque tu sais si bien mettre ton plaid, tire-t'en tout seul.

Au bout d'un moment, Rob s'était si bien entortillé dans les plis du châle, qu'on ne voyait plus que deux petits bras qui s'agitaient en vain, et on entendait une petite voix étouffée qui criait :

— Alice, je ne sais pas; arrange-moi, je t'en prie.

Alice, qui riait de toutes ses forces, vint au secours de son frère, et, lorsqu'ils furent tous deux bien enveloppés dans leurs plaids, elle prit le sifflet dont sa grand'mère se servait pour rappeler les moutons quand ils étaient autour de la maison, et tous deux se dirigèrent vers la petite étable. Rob trouva des signes de tristesse à un quatrième agneau, et Alice les fit sortir, à l'aide du grand chien Ross qui courait à côté d'eux dans l'étroit sentier, pressant et poussant les agneaux. Les enfants bondissaient sur la bruyère comme leur petit troupeau. Il faisait froid, le ciel était gris, mais cela leur était égal ; ils étaient en liberté, ils pouvaient aller où ils voulaient et ils descendirent jusqu'au petit ruisseau dans la vallée pour faire boire leurs agneaux.

Arrivés au bord de l'eau, les agneaux se précipitèrent pour boire ; mais le plus petit s'avança trop, ses pieds glissèrent sur l'herbe sèche et il tomba dans l'eau. Alice, effrayée, lâcha la main de Rob et s'élança vers l'agneau. Elle le tenait par les pattes de derrière et Ross l'aidait de toutes ces forces ; mais l'agneau était lourd, et la petite fille avait peur de glisser dans l'eau comme lui. Enfin, par un violent effort, elle retira la petite bête en arrière, et Ross vint à bout de la ramener sur la terre ferme.

Alice était bien fatiguée ; elle s'était assise par terre pour reprendre haleine, pendant que Rob l'embrassait en lui racontant comme il avait eu peur, quand il avait cru qu'elle allait tomber dans la rivière et s'en aller dans l'eau avec l'agneau ; les aboiements de Ross firent tout à coup tourner la tête à Alice. L'agneau à demi noyé se reposait à côté d'elle, deux autres broutaient paisiblement quelques brins d'herbe qu'ils rencontraient ; mais le quatrième, le plus beau, n'y était pas !

Ross, désespéré, courait dans tous les sens, il cherchait la trace du fugitif, il sentait l'herbe, les feuilles mortes ; enfin, il releva la tête et partit comme un trait dans la direction de la montagne.

— Allons, vite ! dit Alice ; je crois qu'il a retrouvé sa trace. Si nous perdions Dumbie, je n'oserais pas regarder grand'mère en face quand elle rentrerait.

— Oh ! elle serait si fâchée ! dit Rob, qui faisait mouvoir ses petites jambes le plus vite qu'il pouvait.

Si les enfants avaient eu quelque expérience, ou même si Alice n'avait pas été si préoccupée de la recherche de l'agneau, elle se serait aperçue du brouillard qui se levait dans la vallée et qui montait plus vite qu'eux le flanc de la montagne ; mais, tout absorbée par la perte de Dumbie, elle avançait toujours, trainant son frère après elle, dans la direction que Ross semblait vouloir leur indiquer par ses aboiements.

— Il ne fait plus clair du tout, Alice, dit enfin le pauvre Rob, qui trébuchait à chaque instant, et je suis bien fatigué !

— Il faut nous dépêcher, répondait Alice ; c'est le brouillard ; dès que nous aurons trouvé Dumbie, nous retournerons à la maison.

Les aboiements du chien devenaient plus faibles; il s'éloignait évidemment des enfants.

— Quelles bonnes jambes a Dumbie! disait Rob. Il est allé si loin, et c'est si fatigant de courir après lui!

Enfin, Alice s'arrêta, elle regarda autour d'elle, ou plutôt elle chercha à regarder, le brouillard les enveloppait de toutes parts, et, du moment où elle voulut chercher son chemin, elle ne le trouva plus. Alice n'avait pas peur, mais elle se souvenait cependant de tous les récits qu'elle avait entendu faire le soir, auprès du feu, sur les gens perdus dans le brouillard et qu'on n'avait jamais retrouvés. Rob était si petit et déjà si fatigué!

Alice s'assit sur l'herbe, elle sentait qu'elle était déjà bien haut dans la montagne; les touffes de bruyère devenaient rares, et il y avait beaucoup de pierres; elle prit Rob sur ses genoux, le caressa, l'embrassa pour lui donner du courage. Le pauvre petit n'était pas inquiet, seulement il était bien fatigué.

— Veux-tu que nous disions notre prière, Rob? dit Alice.

RÓB.

Je veux bien ; mais est-ce que nous allons coucher
ici ? Il n'y fait pas chaud et j'ai faim.

ALICE.

Non, non, nous n'allons pas rester ici, c'est seulement pour prier le bon Dieu de nous ramener à la
maison et de permettre que Ross retrouve Dumbie.

Les deux enfants se mirent à genoux et firent leur
prière ; Alice savait mieux ce qu'elle demandait que
Rob, qui croyait la chaumière tout près et qui
espérait se reposer bientôt.

Alice se releva pleine de confiance en Dieu qui
écoute les petits enfants ; elle prit la main de Rob et
chercha à retrouver le sentier pour descendre. Quelquefois, elle apercevait à ses pieds un petit bout de
chemin, puis, le brouillard épaississant, elle ne
voyait plus rien. Rob ne pouvait presque plus marcher. Alice était bien fatiguée ; elle s'était assise sur
une grosse pierre pour reprendre haleine, et elle
pleurait tout doucement pour ne pas effrayer Rob,
qui s'était couché à ses pieds et avait mis sa tête sur
ses genoux. Tout d'un coup, elle entendit des aboiements dans le lointain, puis ils se rapprochèrent :
c'était Ross, bien sûr. Alice tressaillit, quelque chose
de chaud et de doux se pressait contre elle ; elle

étendit la main dans le brouillard : c'étaient les
agneaux ! Dans sa détresse, elle avait oublié le reste
de son petit troupeau, et les pauvres bêtes l'avaient
suivie dans ses détours sur la montagne.

— Voilà de quoi te tenir chaud, Rob, dit-elle.
Et elle attirait les agneaux à côté de son frère.

Les aboiements approchaient toujours ; enfin Ross
vint bondir sur sa petite maîtresse, et Dumbie, effrayé,
poursuivi par le chien, vint se coucher à côté de ses
trois camarades. Ross léchait les mains et le visage
d'Alice et de son frère.

— Nous sommes perdus, mon bon Ross, lui disait tout bas la petite fille, est-ce que tu ne pourrais
pas nous montrer le chemin ?

Le chien allait et venait, il s'agitait autour des
agneaux ; puis, prenant tout d'un coup son parti, il
disparut à travers le brouillard dans une direction
opposée à celle de la chaumière, autant qu'Alice en
pouvait juger dans l'obscurité qui s'épaississait de
plus en plus avec la chute du jour.

Rob s'était endormi entre les quatre agneaux ;
Alice résolut de tenter encore un effort : « Si nous
passons la nuit sur la montagne, se dit-elle, Rob en
mourra, il est trop petit ; » et, réveillant son frère à

grand'peine, elle recommença à chercher le sentier.
Heureusement les flancs de la montagne n'étaient
pas très-escarpés, et il n'y avait ni grands trous ni
ruisseaux bien rapides; mais Rob ne pouvait presque
plus marcher, ses petits pieds nus étaient en sang, il
avait froid et voulait s'endormir. Alice le traînait, le
portait presque sans s'inquiéter de sa propre fatigue ;
les agneaux bêlaient tristement derrière elle ; eux
aussi ils étaient fatigués, et Dumbie s'était fait mal
à une patte.

Enfin Alice se laissa tomber dans le sentier; elle
ne pouvait plus avancer, et, sifflant les agneaux
pour les attirer tout près d'elle, elle coucha Rob au
milieu des quatre petites bêtes, puis, s'étendant
auprès de lui, elle jeta encore son plaid sur son
frère. Le pauvre enfant dormait déjà.

Alice ne dormait pas, elle priait le bon Dieu d'avoir
pitié d'eux. Instinctivement elle porta la main au
sifflet suspendu à son cou et siffla plusieurs fois de
suite. Des aboiements d'abord, puis des cris lointains
lui répondirent; Alice, tout émue, se leva : elle
cherchait à distinguer dans l'obscurité d'où venaient
ces voix qui semblaient lui promettre du secours
pour Rob. Enfin, Ross, bondissant à travers les té-
nèbres, vint se jeter sur Alice, et, au même instant,
deux lanternes brillant faiblement au milieu du

brouillard annoncèrent aux pauvres enfants qu'on venait à leur aide.

Rob s'était réveillé, il était assis entre les agneaux ; Ross lui avait léché deux ou trois fois le visage, puis il était reparti dans la direction des lumières. Enfin Alice aperçut son père et sa grand'-mère qui venaient à grands pas et d'un air de mortelle inquiétude, les aboiements de Ross les avaient dirigés, et l'angoisse évidente du chien qui les tirait par leur plaid quand ils n'avançaient pas assez vite leur avait fait deviner que quelque danger menaçait les enfants. Angus, qui avait eu l'intention de reconduire seulement sa mère un bout de chemin, après s'être entretenu avec elle d'une affaire importante, avait continué sa route en voyant l'inquiétude de Ross.

Bien leur en prit, car Alice, épuisée par la fatigue et l'émotion, ne pouvait plus marcher, et Rob, accablé par le froid, s'était rendormi entre les agneaux que Ross mordait pour les faire lever. Angus prit sa fille dans ses bras, et la vieille mère, robuste encore, se chargea de Rob. A la lueur des lanternes, on distinguait faiblement le sentier qu'Angus connaissait d'ailleurs la nuit comme le jour. En une demi-heure, on arriva à la petite ferme ; Elspie pressa le pas pour ouvrir la porte, le feu n'é-

lait pas encore tout à fait éteint, et, déposant Rob
tout endormi sur une chaise, elle se hâta de le
ranimer. Angus venait de mettre Alice sur ses pieds;
la pauvre petite, tout épuisée qu'elle était, disait
tout bas :

— Grand'mère, pardonnez-nous! nous avions
seulement voulu mener promener des agneaux qui
avaient l'air triste, et puis Dumbie s'est perdu et
nous aussi !

— Remercions Dieu, mes enfants, répondit Elspie.
Et tout le monde s'agenouilla, y compris Rob, qui venait de se réveiller.

GASTON, avec un soupir de soulagement.

J'avais cru que Rob allait mourir sur la montagne.

CATHERINE.

Oh! moi, j'étais tranquille, parce que j'avais demandé à miss Bessie de ne pas nous raconter une
histoire trop triste; mais comme Alice a dû avoir
peur!

FRANÇOISE.

Miss Bessie, vous avez parlé d'un lit qui se fermait : qu'est-ce que cela veut dire? On ferme les armoires, et pas les lits!

MISS BESSIE.

Il y a encore en Écosse beaucoup de lits, comme il y en avait autrefois en France, je crois; c'est une armoire le jour, et le soir, le battant de l'armoire s'abaisse avec le matelas, les couvertures et les oreillers qui ont été renfermés dans la journée à l'intérieur du meuble.

PAULINE.

Quelle bonne idée! cela ne tient pas de place! En avez-vous vu, maman?

MADAME DE LUSSAC.

J'en ai si bien vu, que j'ai failli une fois y étouffer ton oncle, quand il avait quatre ou cinq ans. Il y avait beaucoup de monde chez mon père, et ma mère avait fait descendre du garde-meuble un vieux lit de ce genre qu'elle avait installé dans son cabinet de toilette. Le matin, ton oncle dormait encore, et, pour m'amuser, j'imagine avec Eulalie de relever le lit. Heureusement, nous avons fait du bruit; ma mère est sortie de sa chambre, et elle s'est élancée vers le lit sans prendre le temps de nous gronder. Mon pauvre petit frère était déjà tout bleu.

CATHERINE.

Est-ce qu'on vous a bien punie, maman?

MADAME DE LUSSAC.

On n'a pas eu besoin de nous punir; quand nous avons compris le danger que nous avions fait courir à ton oncle, nous avons tant pleuré que ma mère a été obligée de nous consoler. Mais elle a fait brûler le lit pour que pareille aventure ne pût plus se reproduire.

GASTON, d'un air convaincu

Grand'mère a très-bien fait.

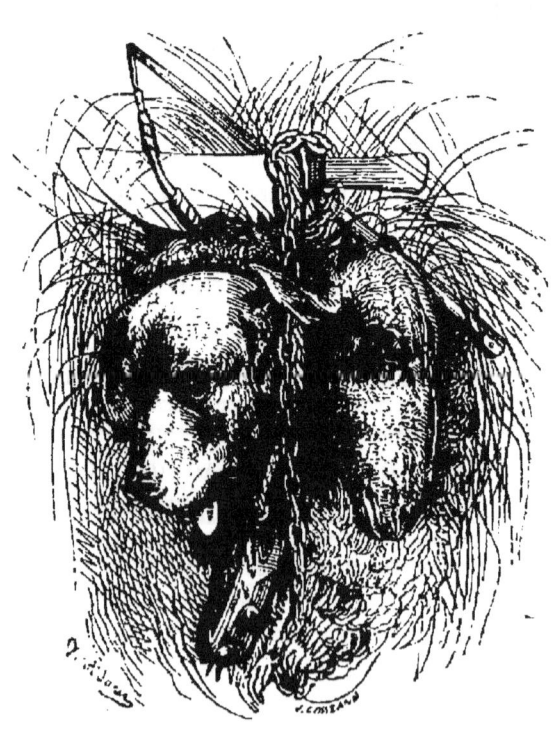

DÉCEMBRE

DOUZIÈME PROMENADE

h! Henri, dépêchons-nous d'aller chez maman, disait Guillaume un matin en s'habillant si vite, à la lueur d'une bougie, qu'il avait enfilé sa blouse tout de travers, et qu'il cherchait en vain par devant l'ouverture qu'il avait dans le dos. Dépêchons-nous, pour demander la permission de sortir tout de

19

suite après le déjeuner et de cueillir le houx et le gui de Noël ; sans cela, la neige continuera et nous ne pourrons plus passer dans les bois.

HENRI.

Oui, et ce serait comme l'année dernière, la maison avait l'air tout triste sans guirlandes de houx. Mais comme la neige tombe ! Je suis sûr qu'il y en a déjà deux pouces ! Je voudrais bien savoir si nous pourrons déjà faire des boules de neige. J'ai envie de faire une forteresse cette année, et nous pourrons nous bombarder avec des boules bien serrées.

GUILLAUME, entrant dans la chambre de sa mère.

Maman, est-ce que nous pouvons aller cueillir le houx avant que la neige soit trop épaisse ?

PAULINE.

Oh ! oui, maman, s'il vous plaît : d'abord, j'ai de très-grands projets, et il me faudra une provision de houx.

MADAME DE LUSSAC.

Alors, dépêchons-nous ce matin ; finissons nos leçons, et, après déjeuner, nous prendrons l'âne et nos bottes de sept lieues pour faire dans le bois une grande récolte.

PAULINE.

Viens, Henri, allons chez miss Bessie, et dépêchons-nous. Es-tu prête, Françoise?

FRANÇOISE.

J'ai presque fini. Regarde, Henri, quels jolis squelettes de feuilles j'ai trouvés hier dans le bois; il ne reste rien du tout de la feuille, mais les moindres petits fils y sont. Maman dit que cela se conserve très-longtemps, et elle m'a permis de les coller dans son album.

MADAME DE LUSSAC.

Où tu mets beaucoup de colle, à ce qu'il me semble. Allons, mes enfants, dépêchons-nous. Gaston, b-a-u, ça fait b...

GASTON.

Ça fait b-a-u.

MADAME DE LUSSAC.

Non, ça fait bau. L-i-n, ça fait...

GASTON.

Ça fait lin.

MADAME DE LUSSAC.

Oui, c'est bien; maintenant amuse-toi en attendant

que je revienne; Gabrielle riait si fort tout à l'heure en voyant tomber la neige, que je veux la descendre chez votre père.

GASTON.

Maman, est-il vrai que les anges secouent leurs lits de plumes et que ce soit pour cela qu'il neige?

MADAME DE LUSSAC.

Crois-tu cela, petit fou? Tu ne sais pas que c'est de la pluie un peu gelée que le bon Dieu envoie pour couvrir le petit blé d'une bonne couverture avant le grand froid?

GASTON, tout seul.

C'est une couverture un peu froide; j'aime mieux les miennes.

MADAME DE LUSSAC, rentrant

Gabrielle dort. Tiens, voilà de la neige dans une soucoupe; regarde comme c'est joli; chaque petit flocon a une forme différente, mais il y en a surtout beaucoup qui ont la forme d'une étoile. Mets la main dedans.

GASTON.

Oh! maman, cela me brûle!

MADAME DE LUSSAC.

Non, mais cela te gèle, et l'effet est le même. Si tu tenais très-longtemps de la neige dans ta main, tu finirais par ne plus sentir ton bras.

GASTON.

Oh! j'aime mieux sentir mon bras, je vais jeter la neige. Maman, voilà la cloche, nous allons déjeuner, et puis nous irons dans le bois.

MADAME DE LUSSAC.

Nous allons d'abord faire la prière. Eh bien! mes enfants, a-t-on été sage?

FRANÇOISE.

Très-sage; Henri, Pauline et moi, nous pouvons nous promener jusqu'à trois heures, et Guillaume et Catherine jusqu'à cinq.

MADAME DE LUSSAC.

Oh! nous serons rentrés avant trois heures; nous serions complétement gelés et papa viendrait nous chercher ce soir avec une lanterne. Courons dans le corridor; il ne fait pas chaud.

FRANÇOISE.

Oh! maman, arrêtez-vous un moment, rien qu'une

minute pour regarder les carreaux, ils ne sont pas dégelés ici; comme c'est beau! Il a fait du vent cette nuit, les dessins sont si grands!

MADAME DE LUSSAC.

Regarde cet arbre qui ressemble à un palmier, et en bas cette touffe d'herbes, avec ces petites fleurs blanches; mais il fait trop froid pour admirer plus longtemps. Allons nous réchauffer dans le cabinet de papa.

M. DE LUSSAC.

On dit qu'on va faire la cueillette du houx ce matin; je crois que ce sera prudent; le temps m'a l'air à la neige pour plusieurs jours. Qu'est-ce que vous comptez faire cette année?

PAULINE.

Oh! une grande guirlande tout autour du piédestal de Jeanne d'Arc, et puis un lustre au milieu du vestibule.

M. DE LUSSAC.

Qui nous éclairera beaucoup, je crois.

FRANÇOISE.

Oui, papa, nous mettrons une lanterne dedans le

soir. Et il y aura autre chose que du houx dans notre lustre.

HENRI.

Veux-tu te taire, bavarde !

M. DE LUSSAC.

Ah! il y aura du gui! Eh bien! me voilà sur mes gardes! J'aurai soin de ne pas m'aventurer sous ce lustre. Je ne veux pas voir tout d'un coup six enfants s'élancer sur moi pour m'embrasser.

CATHERINE.

Sans compter Gabrielle que nous apporterons, papa. Oh! nous sommes bien tranquille; du jour de Noël au jour des Rois vous oublierez le gui, et alors nous vous attraperons quand vous traverserez le vestibule, et maman aussi.

FRANÇOISE.

Nous voulions faire une grande guirlande de houx pour garnir toute la rampe de l'escalier, mais miss Bessie dit qu'on se piquera les doigts.

MADAME DE LUSSAC.

Je suis de l'avis de miss Bessie. Faites-la en lierre, et gardez le houx pour entourer les tableaux, les statues, les portes, ce sera infiniment plus agréable.

GUILLAUME.

Maman, pouvons-nous aller nous préparer?

MADAME DE LUSSAC.

Oui; mettez vos vieilles guêtres et des gants respectables; quand nous rentrerons, il faudra changer de tout.

M. DE LUSSAC.

C'est ce que je crois. Je vous souhaite le bonjour. Je vais voir ma machine à battre, elle était un peu malade ce matin.

FRANÇOISE, sortant avec sa mère.

Maman, quel drôle d'effet fait la neige! On n'entend plus rien!

MADAME DE LUSSAC.

Non, ce beau tapis blanc empêche toute espèce de bruit; qu'est-ce que c'est pourtant que ces petits coups réguliers?

HENRI.

C'est un pivert. Comme sa crête rouge fait un bel effet entre les branches! Il tape bien fort, l'arbre est dur.

CATHERINE.

Mais à quoi cela lui est-il bon? Est-ce pour aiguiser son bec?

HENRI.

Pas du tout; il va faire un trou dans cet arbre qui est un peu pourri, et dans lequel il y a des vers, alors il enfoncera dans le trou sa langue, elle est très-longue et toute gluante, et il la ramènera chargée de vers.

CATHERINE.

Ce n'est pas une jolie manière de manger. Oh! voilà le martin-pêcheur que papa voudrait tuer pour mettre dans sa collection, mais il ne se montre jamais aux gens qui ont des fusils.

GASTON.

J'avais mon fusil hier, et je l'ai vu.

CATHERINE.

Oh! il a bien compris que c'était un fusil qui ne pouvait pas le tuer. Il a de l'esprit, le petit martin-pêcheur. Henri, voilà une belle touffe de gui, laisse Guillaume tenir l'âne et cueille-la.

HENRI.

Les arbres couverts de neige ne sont pas ce qu'il

19.

y a au monde de plus agréable à escalader. On glisse là-haut. Françoise, prends ce gui. Je le casserais en redescendant.

FRANÇOISE.

Avec deux touffes pareilles nous en aurons assez; il faut en avoir un beau brin pour faire un bouquet juste au-dessus de la porte du cabinet de papa.

PAULINE.

C'est cela; il ne pourra pas éviter de passer. Mais il ne faut pas en parler. Comme ce brin de houx est dur, mais il a tant de baies rouges que j'y tiens.

HENRI.

Attends, je vais t'aider. Allons, nous avançons. Avez-vous du lierre?

CATHÉRINE.

Oh! j'en ai détaché déjà cinq ou six grandes branches. Cela me va; le houx est trop dur pour moi et pour mon couteau. Et puis, si nous en manquons, nous pouvons en prendre quelque feuilles sur la maison.

MADAME DE LUSSAC.

Tâchez de ne pas en manquer; je n'ai pas envie

de voir dégarnir mon lierre à cette époque-ci. Regarde donc, Pauline, comme ces feuilles mortes sont jolies avec cette frange de givre!

PAULINE.

Et dans les endroits abrités, chaque brin d'herbe a l'air d'un petit arbre blanc. Maman, quelles jolies choses il y a dans ce monde!

MADAME DE LUSSAC.

Oui, même au mois de décembre, dans un bois sans feuille, par un temps de neige; ces grandes étendues me rappellent toujours les vêtements blancs comme les anges sont revêtus là haut, à ce que dit l'Écriture, et tout cela recouvre la terre pour qu'elle puisse au printemps nous donner de l'herbe et des fleurs.

FRANÇOISE, tout bas.

Comme nous, maman, quand nous ressusciterons, n'est ce pas?

MADAME DE LUSSAC.

Oui, ma chère fille, avec tous ceux que nous avons perdus et qui nous attendent. Allons, mes enfants, rentrons, je suis gelée, la neige va recommencer et la charrette est pleine.

FRANÇOISE.

Maman, toutes les affaires sont prêtes pour l'arbre de Noël, il ne me manque plus que deux ou trois présents pour les garçons.

MADAME DE LUSSAC.

Je chercherai dans mes armoires; mais, à propos de la fête de Noël, dépêchez-vous de changer de bas et de souliers, et venez dans ma chambre, il est de bonne heure, et je vous lirai une petite histoire que j'ai trouvée dans un livre que j'avais fait venir pour les étrennes de Catherine ; il y a une idée qui me paraît assez bonne pour les gens qui aiment la variété.

Au bout de dix minutes, tout le monde était installé autour du feu dans la chambre de madame de Lussac, qui prit au fond de son panier à ouvrage un petit livre rouge et lut ce qui suit :

LA POULE AUX ŒUFS D'OR

Maman, je crois qu'il serait temps de commencer à nous occuper de l'école, disait au milieu de novembre Émilie de Blanchard; avec tout ce que nous avons à finir pour le jour de l'an, si nous ne commençons pas maintenant à travailler, nous ne serons pas prêts.

MADAME DE BLANCHARD.

Je ne demande pas mieux, mais qu'est-ce que nous pourrions faire de nouveau cette année? Nous avons déjà eu des arbres de Noël, nous avons fait plusieurs fois la poste aux lettres, je voudrais inventer quelque chose de différent.

CHARLOTTE.

Maman, faisons une poule aux œufs d'or !

MADAME DE BLANCHARD.

Connais-tu cette poule? Quelles sont ses habitudes?

CHARLOTTE.

Oh ! je n'en sais rien, maman, il me semble que nous pourrions avoir une grosse poule empaillée et mettre sous elle successivement les présents de chaque enfant, enveloppés dans du papier jaune, de manière à ressembler le plus possible à un œuf d'or.

JULES.

Ce sera long, mais cela pourra être amusant ; maman, consentez, et chargez-moi de raconter l'histoire naturelle de cette merveilleuse poule.

MADAME DE BLANCHARD.

Va pour la poule, choisissez-en une belle dans la basse-cour, pourvu que ce ne soit pas une de mes brahma-poutra, et vous l'enverrez à l'empailleur.

ÉMILIE.

Maman, il y a cette grosse cochinchinoise qui ne pond plus que des œufs gros comme le bout de mon doigt, et sans jaune encore, parce qu'elle est trop grasse; nous pourrions prendre celle-là, elle ne vaudrait rien à manger.

MADAME DE BLANCHARD.

Excellente idée, mon petit économe! Dis à Cœlina de la tuer demain, et maintenant qui est-ce qui a la liste des présents de l'année dernière? Est-ce vous, ma mère?

MADAME DE SAINT-PIERRE.

Oui, mon enfant, elle est dans mon secrétaire, dans ma chambre. Charlotte, tu ouvriras le premier tiroir à droite, et dans une poche de satin bleu à gauche, sous trois paires de mitaines tricotées, tu trouveras la liste. Vous riez, monsieur Jules? votre sœur se tirera très-bien d'affaire.

En effet, Charlotte reparut au bout d'un moment, apportant le papier sur lequel était inscrit le nombre des cache-nez, des mitaines, des manches tricotées, des cols, des mouchoirs et des joujous distribués l'année précédente le jour de Noël; madame de Blanchard tira de sa poche la liste que lui avait remise M. Danset, le maître d'école, et qui contenait le nom et l'âge de tous les enfants inscrits cette année-là; là-dessus on se mit sérieusement à l'œuvre.

— Maman, s'écria Émilie au bout d'un moment, je crois qu'avec six cache-nez, six buvards, six couteaux, six mètres, six mouchoirs de poche, trois trompettes, trois pistolets et quelques canons, nous devons nous tirer d'affaire pour les garçons; il nous faudrait ensuite six paires de manches tricotées, six cols, six fichus de cou, six ménagères, six poupées, pour les filles, et quelques paires de mitaines tricotées pour les petits garçons et filles.

MADAME DE BLANCHARD.

C'est bien à peu près cela ; ma mère, vous voyez qu'il y a comme toujours beaucoup d'ouvrage pour vous.

MADAME DE SAINT-PIERRE.

Si j'avais attendu jusqu'à présent, mes pauvres aiguilles ne se reposeraient guère; ces demoiselles

n'épargnent jamais le tricot dans leurs listes ; mais
j'ai déjà trois cache-nez, trois paires de mitaines, et
quatre paires de manches tricotées, en sorte que je
ne serai pas prise au dépourvu ; en cherchant bien
dans mes armoires, je crois même qu'on trouverait
six mouchoirs de cou, tout ourlés.

HENRIETTE, entrant.

Maman, il y a là un colporteur qui demande si
vous voulez voir ses marchandises.

MADAME DE BLANCHARD.

Qu'en dites-vous, mes filles, trouverons-nous là
ce qu'il nous faut pour achever nos emplettes ? J'ai
dans mes tiroirs presque tous les objets de garçons
qui nous seront nécessaires, sauf peut-être un canon
ou deux.

LE PETIT PIERRE, regardant sa mère.

Vous avez des canons dans votre tiroir, maman ?

MADAME DE BLANCHARD.

Oui, ils sont tout prêts pour le cas d'attaque de
ces voleurs dont tu parles toujours. Dis qu'on fasse
entrer ce colporteur, Henriette. Ah ! c'est Denis ! Je
ne savais pas que vous fussiez revenu dans ce pays-ci,
Denis.

DENIS, *posant sa balle.*

Il n'y pas longtemps, madame; sans cela, je serais déjà venu ici. Madame va bien et ses demoiselles aussi? Je né vois ni M. Robert ni M. Cornelis?

MADAME DE BLANCHARD.

Ils sont au collége à Paris, je les attends pour Noël; ils viendront passer quelques jours avec nous.

DENIS.

Et ces messieurs se portent bien, madame?

MADAME DE BLANCHARD.

Très-bien, comme dans le temps où vous grimpiez ensemble dans les arbres pour dénicher des oiseaux que mes fils n'osaient pas ensuite rapporter à la maison. Avez-vous des canons dans votre balle, Denis?

DENIS.

Des canons d'enfant, madame veut dire? J'en ai encore trois. Ah! je vois que madame est déjà occupée de la fête de l'école, comme autrefois.

MADAME DE BLANCHARD.

Précisément, et il ne me manque pas grand'chose, seulement des canons et quelques mouchoirs de poche.

DENIS.

Madame n'a pas besoin de couteaux ? J'en ai à cinq sous de bien jolis.

MADAME DE BLANCHARD.

Merci bien ; M. de Blanchard m'en a apporté une provision quand il a été chercher ses fils au moment des vacances. Ah ! voilà des chaines de montre qui me séduisent, qu'est-ce que cela vaut ?

DENIS.

Celles en acier, cinq sous ; celles en métal, vingt-cinq sous, madame.

ÉMILIE.

Prenez-en une pour le prix d'honneur, maman, ce sera Armand, et il a une montre.

MADAME DE BLANCHARD.

C'est tout ce qu'il me faut, Denis, merci bien. Avez-vous déjà vu Annette à la cuisine?

HENRIETTE.

Oh ! oui, maman, et elle m'avait bien défendu de vous dire que c'était Denis.

Les cols, les mouchoirs, les ménagères, furent bientôt distribués entre les mains des trois filles, madame de Blanchard gardait pendant toute l'année les échantillons de perse et les échancrures de soie pour faire des pelotes et des ménagères; le tout se mettait dans de petits sacs au crochet faits avec de la ficelle fine qui étaient toujours l'objet de l'ambition des petites filles de l'école, parce qu'on savait que c'était madame de Blanchard qui les faisait. Henriette, qui ne cousait pas encore très-bien, s'occupait surtout de garnir des feuilles de papier brouillard rose d'un ruban de couleur pour en faire des buvards dans lesquels on mettait du papier et un manche de plume d'un sou.

Émilie et Charlotte ne perdaient pas une seconde ; outre les travaux destinés à la fête de Noël et qui allaient leur train dans le salon, elles avaient entrepris de broder pour leur mère un châle de cachemire noir, et ce grand travail, auquel elles ne pouvaient consacrer qu'une heure le matin, durait depuis plus de deux mois déjà. Il commençait à faire bien froid, et les pauvres petites, se réfugiant toutes deux dans le lit d'Émilie, leurs bougies à côté d'elles, travaillaient chacune à leur coin jusqu'à ce que leurs mains fussent si complétement gelées, qu'il fallait les remettre un moment dans le lit pour reprendre un peu de mouvement.

Madame de Blanchard comprenait bien qu'il se

passait quelque chose de très-mystérieux dans la chambre de ses filles; elle les entendait chuchoter dès six heures du matin, ce qui n'était pas dans leurs habitudes; mais, tout en se promettant de leur interdire à l'avenir d'aussi longues entreprises, elle les laissait faire pour cette fois, bien aise de leur voir tant de persévérance.

— Maman, voilà la poule empaillée, regardez comme elle est belle! s'écria Henriette, deux jours avant Noël, en apportant dans ses bras la pauvre cochinchinoise empaillée et presque aussi grosse qu'elle. On pourra bien supposer qu'elle pond des œufs énormes, seulement il y en aura d'une forme un peu étrange.

— Va, va, dit Émilie, on ne se disputera pas sur la forme, pourvu que les œufs soient bons. Maman, voulez-vous que je monte aujourd'hui au fruitier pour choisir les pommes?

MADAME DE BLANCHARD.

Je veux bien; j'ai dit à Annette ce matin de faire demain une grande provision de brioches et de petits gâteaux secs.

HENRIETTE.

Oh! ils ne sont pas indiscrets! L'année dernière,

il est resté beaucoup de gâteaux et pourtant, j'en avais offert à toutes les mères, et mis les plus petits dans la poche des enfants.

CHARLOTTE.

Maman, puisqu'on ne pend pas les bonbons cette année, comme à l'arbre, est-ce que nous en aurons tout de même ?

MADAME DE SAINT-PIERRE.

Bien certainement ! et qui plus est, j'ai déjà les bonbons et le papier rose pour les envelopper.

ÉMILIE.

Vous pensez à tout, bonne maman. Alors ce soir nous descendrons tout cela pour faire les papillotes. Maman a fait venir le papier jaune pour les œufs.

La table du salon était couverte de morceaux de papier coupés, de cache-nez qu'on roulait le plus serré possible, et qu'on attachait ensuite avec une petite ficelle, ce qui ne les empêchait pas de ressembler à des œufs d'autruche; il y avait aussi des couteaux qu'il fallait mettre entre deux couches de ouate pour leur donner une apparence ronde. Les canons étaient ce qui donnait le plus de peine. On avait fini par les envelopper de papier coupé pour cacher leurs roues, qui perçaient toujours sous le pa-

pier jaune. M. de Blanchard s'amusait à tourmenter
ses filles sur la forme étrange de leurs œufs; mais,
tout en se moquant d'elles, il les aidait beaucoup, et,
quand un des œufs était trop récalcitrant, c'était en
général à lui qu'on s'adressait pour lui donner une
tournure à peu près passable.

Robert et Cornelis étaient heureusement arrivés
la veille de Noël, car leurs sœurs n'auraient su que
devenir sans eux; les deux grands collégiens s'étaient
mis à écrire sur une quantité de petits morceaux de
papier blanc les noms des enfants qu'on devait ensuite attacher à chaque œuf. On avait eu la précaution d'écrire au bout de chaque œuf ce qu'il contenait, afin de ne pas donner un col à un garçon ou
un pistolet à une fille. Enfin, sur la table, sur un
petit plateau à part, reposaient une boîte à ouvrage
pour la petite fille qui avait mérité le premier prix
de couture, et une grande ménagère, de forme allon-
gée, contenant des aiguilles à tricoter et une provision de laine pour la meilleure tricoteuse de l'é-
cole.

— Heureusement que bonne maman ne concourt
pas! disait Henriette; personne n'aurait de chances
auprès d'elle!

Tout était prêt enfin. La poule seule sur une petite

table ronde couverte d'un tapis, reposait dans une corbeille garnie de mousse. Sous la table, à l'ombre du tapis, était caché le panier des œufs. Au bout du salon se trouvait une longue table chargée d'assiettes remplies de pommes, de brioches, de petits gâteaux et de bonbons.

Les enfants ne contenaient plus leurs transports, surtout ceux qui n'avaient pas fait grand'chose, comme les deux collégiens, Henriette et Pierre. Jules avait renoncé en faveur de Cornelis à l'honneur de démontrer devant l'école l'espèce et les qualités particulières de la poule aux œufs d'or.

— Il parle mieux que moi, disait-il. Et tout le monde était un peu de son avis.

A deux heures, on annonça l'arrivée de l'école dans le lointain. Il faisait très-froid, mais le temps était clair et pur, un de ces beaux ciels d'hiver, sans vapeur, qui permettent de distinguer de très-loin les objets.

— Je vais chercher bonne maman pour qu'elle soit au salon avant tout le monde, dit Charlotte qui soignait tout particulièrement sa grand'mère, tandis que les garçons prétendaient distinguer de loin la cravate rose de M. Dansel

On commençait à envahir le vestibule ; on entendait les pieds qu'on grattait à la porte, dans le vain espoir de ne pas salir le salon. On entendait la voix de M. Danset, qui faisait mettre ses élèves en ligne ; dans le salon, on grillait d'impatience ; enfin on ouvrit la porte à deux battants, et l'école entra. Les premiers reculèrent presque d'étonnement en voyant une poule toute seule au milieu de la chambre, au lieu de l'arbre chargé de bougies qu'ils attendaient. Mais M. Danset réprima d'un air sévère cette marque d'émotion, il ne permettait aucun mouvement en dehors de la discipline tant que le cercle n'était pas formé tout autour du salon.

— Quelle drôle de chose ! disait-on tout bas ; c'est une poule ! Il n'y a rien pour nous, cette année. Peut-être sous le tapis ! et on avait l'air très-inquiet.

Dès que le cercle fut formé, Cornelis, rougissant un peu, s'avança, une baguette à la main :

— Messieurs et mesdemoiselles, dit-il en touchant la poule, vous voyez cet animal domestique ; vous le connaissez tous, ou du moins vous croyez tous le connaître. Eh bien ! vous vous trompez. Ce n'est pas une poule ordinaire, pondant des œufs ordinaires faits pour être mangés à la coque, au beurre noir, en omelette, je dirai même farcis. C'est cette poule cé-

lèbre qu'on cherche depuis si longtemps, qui avait
été, disait-on, tuée autrefois par un imbécile, c'est
la Poule aux œufs d'or!

— La Poule aux œufs d'or! s'écria-t-on dans tous
les coins de la chambre, en se poussant pour voir de
plus près l'animal merveilleux.

— Silence! s'écria Cornelis d'une voix de tonnerre; si vous lui faites peur, elle ne pondra pas!

— C'est tout de même vrai, disaient les petites
filles en retournant à leur place, et j'ai bien envie
tout de même de voir ce que c'est que ces œufs d'or
dont parle M. Cornelis, c'est bien sûr pour rire!

— Louis Dubois, criait Cornelis, et un grand garçon
sortit des rangs en traînant les pieds et en tirant la
mèche de devant d'une perruque assez ébouriffée.
Cornelis mit la main sous la poule, en tira un œuf
jaune d'une forme très-respectable et le tendit à
Louis, qui retourna à sa place sans oser regarder ce
qu'on lui donnait. Mais les coups de coude de ses
voisins, qui se poussaient pour voir ce qu'il tenait, lui
rendirent bientôt du courage; il déchira le papier,
deux tampons de ouate tombèrent à terre, et il se
vit l'heureux possesseur d'un joli petit mètre en
cuivre. Quels éclats de rire et quels battements de

20

mains partirent alors de tous les coins du salon !
Chacun s'avançait pour savoir si la poule avait pondu
de nouveau.

— Amélina Londet! s'écria Cornelis. Et la petite
fille ronde et rose qui s'approcha emporta à sa place
un tout petit œuf dans lequel se trouvait une charmante paire de manches tricotées en laine blanche
et bleue.

La poule pondait toujours ; Jules, caché sous la table, passait à mesure les paquets à son frère; la corbeille
s'épuisait; tous les enfants avaient les mains pleines.
Le salon était parsemé de morceaux de papier jaune.

— Les bonbons, maintenant ! s'écria Robert, ennuyé de rester si longtemps sans rien faire. Et il
s'élança vers les assiettes de bonbons, en mettant
dans toutes les petites mains qui se tendaient vers lui.

Henriette et Pierre le suivirent avec des assiettes
de pommes et de gâteaux ; Pierre en laissait tomber
parfois, mais Émilie l'aidait à ramasser ce qui lui
échappait et à offrir les gâteaux aux enfants.

— Maintenant, je veux en donner aux femmes,
dit le petit garçon en se tournant vers le coin où
toutes les mères, serrées les unes contre les autres,
contemplaient leurs enfants.

Tout le monde avait vu naître Pierre ; on l'arrêtait
à chaque pas pour l'embrasser, ce qui le gênait beaucoup dans sa distribution. Enfin, Émilie, le voyant
prêt à pleurer, le prit dans ses bras et le porta ainsi
avec son assiette de gâteaux partout où quelqu'un
pouvait avoir été oublié. Chacun était satisfait, les
prix étaient distribués, et la poule, avec une merveilleuse prévoyance, avait cessé de pondre depuis que
les enfants tenaient chacun leur œuf.

M. Danset reforma ses lignes, tout le monde passa
devant madame de Saint-Pierre et devant M. et madame de Blanchard ; on tirait des mèches de cheveux,
on tapait des pieds, on faisait des petites révérences :
enfin, on arriva à la grande porte ; il n'y avait plus
personne dans le vestibule, et Joseph, son balai à la
main, apparut à la porte du salon. — Je crois qu'il
est bien temps de faire disparaître tout ce fouillis-là !
disait-il entre ses dents.

— C'est une bien bonne invention, maman, dit
Pauline. Nous pourrons faire cela l'année prochaine,
pour cette fois toutes les bougies sont prêtes.

FRANÇOISE.

D'ailleurs, nous n'aurions pas le temps de faire

empailler une poule, si maman permettait d'en tuer une.

MADAME DE LUSSAC.

Oh! je crois que je trouverais bien, comme madame de Blanchard, quelque vieille mère poule qui ne soit plus bonne à rien ; mais qui nous dirait que c'est la poule aux œufs d'or?

GASTON.

Ce n'est pas vrai, maman, n'est-ce pas? C'est pour rire?

HENRI.

Tu verras cela l'année prochaine. Viens, Guillaume, il est trois heures, notre ouvrage nous attend ; que Noël approche ou non, il faut que mon thème soit fait.

TABLE DES MATIÈRES

354 TABLE DES MATIÈRES.

FIN DE LA TABLE DES MATIÈRES

PARIS. — IMP. SIMON RAÇON ET COMP., RUE D'ERFURTH, 1.

Éducation maternelle, SIMPLES LEÇONS D'UNE MÈRE A SES ENFANTS
sur la *lecture*, l'*écriture*, la *grammaire*, l'*arithmétique*, la *géographie*,
l'*histoire sainte*, etc., par Mme AMABLE TASTU. Noov, et une belle édit.
illustrée de 500 vign. et de Cartes color. 1 vol. in-8, relié.   15 »

L'amie des enfants, PETIT COURS DE MORALE EN ACTION, comprenant
tous les Contes moraux de Mme GUIZOT. Nouv. édit. augmentée de
moralités en vers, par Mlle *Elisa Moreau*. Deux parties en un beau
vol. grand in-8, illustré de belles lithographies.   10 »

—1re *Partie*, LES ENFANTS, contés par Mme GUIZOT. 1 beau vol. grand
in-8 illustré de 8 lithographies.   6 »

—2e *Partie*, NOUVEAUX CONTES, à l'usage de la jeunesse, par Mme GUIZOT.
1 beau vol. grand in-8 avec lithographies.   6 »

—LES MÊMES OUVRAGES, 5 vol. in-12 ornés de vignettes.   15 »

Une Famille, ou les avantages d'une bonne éducation, par
Mme GUIZOT et TASTU. 2 vol. in-12 avec vign.   6 »

L'écolier, ou RAOUL ET VICTOR, par Mme GUIZOT, ouvrage couronné
par l'Académie française; nouv. édition. 1 vol. grand in-8 *illustré*,
de belles lithographies.   10 »

—LE MÊME OUVRAGE, 12e édit., 2 vol. in-12 ornés de vignettes.   6 »

Les Petits Enfants, CONTES D'UNE MÈRE, par Mme de WITT, née
GUIZOT. 1 vol. in-12 orné de vignettes.   3 »

Contes d'une Mère A SES PETITS ENFANTS, par Mme de WITT, née
GUIZOT. 1 vol. in-12 orné de vignettes.   3 »

Faits mémorables de l'histoire de France, *illustrés*, recueillis
d'après nos meilleurs historiens, par M. MICHELANT, avec une
introduction par M. de SÉGUR. 1 beau vol. gr. in-8, orné de 120 vignettes de V. ADAM.   12 »

Les bons Exemples, nouvelle morale en action illustrée.—Ouvrage
rédigé avec le concours de MM. B. DELESSERT et DE GERANDO. 1 vol.
grand in-8 orné de 120 gravures de J. David.   10 »

Les enfants célèbres ou Histoire des enfants qui se sont immortalisés
par le malheur, la piété, le courage, les talents, etc., par MICHEL
MASSON. Nouv. édit. 1 vol. gr. in-8 illustré de jolies vign.   9 »

L'Ami des enfants, de BERQUIN. Nouvelle édit. complète illustrée
de jolies lithogr. 1 vol. grand in-8.   9 »

Les Aventures de Télémaque et celles d'Aristonoüs, par FÉNÉLON,
Nouv. édit. illustrée d'après JOHANNOT, BARON et NANTEUIL, accompagnée d'études par MM. VILLEMAIN, SAÖY et JANIN. 1 très-beau
vol. gr. in-8, avec plus de 200 vignettes.   10 »

Berquin.—ŒUVRES COMPLÈTES, 4 vol. in-8 illustrés de 200 vign. 12 »
Chaque partie se vend séparément.

—L'AMI DES ENFANTS ET DES ADOLESCENTS, 2 vol. in-8, orn. de vig. 6 »

—LE LIVRE DE FAMILLE, suivi d'un choix de lectures, orné de vig.   3 »

—SANDFORD et MERTON, suivi du *Petit Grandisson*, de *Lydie de Gersin*,
précédé de l'*Introduction familière* à la connaissance de la nature.
1 vol. in-8 orné de 50 fig.   3 »

L'Herbier des Demoiselles, ou traité complet de la botanique, etc.,
par M. AUDOUIT. 1 joli vol. gr. in-16, orné de 320 vignettes.   5 »

—La même édition, avec les 320 fig. color.   7 50

Petit Buffon ILLUSTRÉ, histoire naturelle des *Quadrupèdes*, des *Oiseaux*, des *Insectes et des Poissons*, extraite des ouvrages de BUFFON,
LACÉPÈDE, CUVIER, etc., par le bibliophile JACOB. 4 vol. grand
in-32, jésus, ornés de 325 *figures* gravées sur acier.   6 »

—LE MÊME OUVRAGE, avec 325 figures coloriées avec soin.   9 »

Paris. — Imprimé chez Bonaventure et Ducessois. 55, quai des Augustins.